Um Amor Apaixonado

Texto adaptado à nova ortografia da Língua Portuguesa,
Decreto nº 6.583, de 29 de setembro de 2008.
Edição: Chirlei Wandekoken
Revisão: Andréa Pirajá
Direção de arte: Eduardo Barbarioli
Capa: Maju Raz
Imagens das capas: Shutterstock

S732a Spadoni, Silvia .
Um Amor Apaixonado / Silvia Spadoni . – Domingos Martins, ES : Pedrazul Editora, 2017.

200 p.
Título original: Um Amor Apaixonado

ISBN: 978-85-66549-50-8

1. Literatura brasileira. 2. Ficção. 3. Romantismo I. Título. II. Spadoni, Silvia.

CDD – B869

PEDRAZUL EDITORA

Caixa postal: 645 – AGF Fernando Ferrari - Vitória-ES. CEP: 29075-010
www.pedrazuleditora.com.br | contato@pedrazuleditora.com.br

Um Amor Apaixonado

Série Amores - Livro 3

SILVIA SPADONI

PEDRAZUL
REVELAÇÕES

PEDRAZUL
EDITORA

Capítulo 1

Prólogo

Freemont House, Costwolds, Inglaterra 1812.

Prudence apoiou o pé com cuidado e alcançou um galho mais alto. O enorme carvalho já era seu conhecido e ela sabia exatamente onde pisar para chegar ao topo. A vista lá de cima era maravilhosa, nem o bosque de faias que circundava a grande mansão rural conseguia impedir a visão dos prados e campinas mais ao sul. O sol poente tingia o horizonte de dourado, em alguns momentos ele desapareceria dando espaço no céu ao brilho das estrelas. Embora a visão fosse linda, o interesse da jovenzinha era outro, bem diferente da maravilhosa paisagem.

— Tudo bem que não tenho idade para participar — falou consigo mesma, — mas ninguém vai conseguir me impedir de apreciar — continuou, esticando o pescoço para enxergar o pátio e o jardim à sua direita.

O local estava todo iluminado por tochas. Em uma mesa colocada sobre a grama — coberta por uma toalha de linho impecavelmente branca — criados de libré e luvas imaculadas dispunham travessas de prata com delicadas iguarias. Outros circulavam com bandejas oferecendo refrescos para as senhoras e bebidas mais fortes que agradassem aos cavalheiros. O quarteto de cordas já se colocara no pequeno tablado montado, e a música suave fazia fundo a conversas animadas e risadas alegres. Não seria exatamente um baile, apenas uma *garden party*, o primeiro evento de uma série deles visando à apresentação de lady Priscila Sinclair, filha de Sua Graça o duque de Barrington, à sociedade.

A temporada em Londres teria início em duas semanas e a maioria das famílias da nobreza, assim como eles, ainda se encontrava no campo, desfrutando as propriedades e o término do período de caça. A festa, ainda que restrita, seria um acontecimento e muitos haviam confirmado. Além disso, Phillip, o irmão mais velho das duas jovens, trouxera alguns amigos de Eton, pelo menos dois ou três totalmente deslumbrados pela beleza de Priscila, e ansiosos por desenvolver mais do que amizade. A noite seria divertida e Prudence não se conformava por ter sido impedida de participar.

Seu interesse não escondia nenhum tipo de inveja, apenas curiosidade com o brilho e a efervescência que a noite prometia. Mas por mais que tivesse pedido e suplicado, não tivera autorização dos pais para estar presente. Aos 12 anos era muito jovem para festas noturnas, dissera a mãe, mesmo para uma reunião no jardim. Mas isso não era exatamente um impedimento, não para ela!

— Mamãe não me permitiu ir à festa, mas não disse nada sobre estar aqui no jardim, olhando de longe — disse, com um sorriso maroto no rosto.

Um burburinho chamou sua atenção, Priscila havia chegado e, como sempre, lindíssima. O cabelo dourado num penteado elaborado, o talhe esbelto valorizando o vestido de musseline azul, no tom exato de seus olhos. Prudence suspirou e instintivamente passou a mão nos cabelos castanhos, amarrados com uma fita simples na nuca. Naquela idade ainda preferia o conforto à beleza.

Com cuidado, esticou o corpo para alcançar outro galho. Se conseguisse subir até a forquilha acima da sua cabeça poderia se acomodar nela e desfrutar a noite com uma visão perfeita da festa. Não chegou a perceber a centopeia, apenas sentiu o ardor de seu veneno e instintivamente recuou. O movimento brusco a desequilibrou, ela tentou agarrar o galho, mas a mão ardia e ela não conseguiu se firmar. Tudo pareceu acontecer lentamente, ela se desprendeu, seu corpo se inclinou e ela caiu no vazio.

O susto a fez engolir o grito que ficou travado na garganta.

Bahman Al Kaled fez uma mesura perfeita ao cumprimentar a bela moça à sua frente.

— Sinto-me honrado em poder participar de sua festa, lady Priscila.

— Os amigos de meu irmão são sempre bem-vindos, Alteza — respondeu a jovem com uma graciosa reverência. E eu espero que se divirta essa noite. Tenho certeza de que lady Rovenna ficará feliz em reservar uma dança, não é mesmo? — disse a jovem olhando para a amiga ao seu lado.

— Dar-me-ia o prazer da quadrilha, senhorita? — perguntou educadamente Bahman, dirigindo-se à lady Rovenna.

— Naturalmente, Alteza — disse a jovem com um sorriso pálido.

— Aguardarei ansiosamente — e com um movimento de cabeça Bahman se afastou. Não sem perceber que por trás da gentileza de lady Rovenna havia mais a vontade de agradar à amiga do que propriamente o desejo de desfrutar de sua companhia.

Bahman sabia que sua presença gerava uma certa resistência

e muita curiosidade, afinal, mesmo envergando trajes ingleses e com hábitos adequadamente civilizados, seu nome e sua origem sugeriam lugares exóticos e costumes diferentes. Naquela noite dispensara seu guardião, Nassif, um curdo de quase dois metros de altura, extremamente fiel e responsável por sua segurança desde que o jovem era um garotinho. Mesmo sem a escolta, sua aparência e seu sotaque o distinguiam dos demais jovens.

Fora quase um choque descobrir que, ainda que seu título fosse importante, sua fortuna imensurável, sua cultura ainda mais rica e seus ancestrais mais poderosos, a aristocracia inglesa não o aceitava como igual. Para eles ele era pouco mais do que um bárbaro. *A ironia*, pensou ele com um sorriso nos lábios, é que sua família teria a mesma reação em relação aos ingleses. Percebeu que Phillip se aproximava e uma onda de afeto inundou o seu coração. O amigo era uma exceção, entre eles não havia lisonja, falsidade ou preconceito.

— Meu amigo, está se divertindo? Você está sorrindo! — Phillip passou o braço pelos ombros de Bahman num gesto fraternal e lhe entregou uma taça de champanhe. — Aposto que alguma dessas belas jovens já lhe concedeu um ou dois olhares especiais.

— Não, meu amigo. O grande destruidor de corações aqui é você — respondeu Bahman, aceitando a taça e dando um longo gole na bebida dourada.

O contraste na aparência dos dois rapazes era marcante. Phillip era alto e esguio, tinha a tez clara, olhos azuis quase translúcidos e cabelos loiros, uma beleza um tanto juvenil. O árabe tinha a pele morena de seus ancestrais, os cabelos escuros e levemente ondulados, nariz aquilino e olhos negros encimados por sobrancelhas escuras, mas com um brilho alegre e amigável. Embora mais baixo que o amigo, Bahman tinha ombros largos e músculos mais definidos.

Usava barba curta, o que o fazia parecer mais velho do que seus reais 20 anos.

Os jovens tinham se conhecido em Eton logo no primeiro dia de aula. A simpatia fora mútua e instantânea. A diferença de origem em vez de afastá-los despertou em ambos uma curiosidade saudável. Além disso, eram herdeiros de grandes nomes e fortunas, cresceram aprendendo a enxergar a real intenção por trás de elogios falsos e segundas intenções. Lealdade era uma característica extremamente apreciada por eles. Lord Phillip Sinclair, filho e herdeiro de Sua Graça o duque de Barrington, e Sua Alteza Real, o príncipe Bahman Al Kaled, filho mais velho e herdeiro do califa Kassim Al Kaled, não poderiam ser mais diferentes... ou mais iguais! Tornaram-se grandes amigos.

— Soube que meu pai organizou um jogo de cartas no salão. Vamos arriscar a sorte?, perguntou Phillip, olhando um tanto entediado à sua volta.

— Você sabe que jogos de cartas não me agradam, Phillip, eu sempre perco dinheiro e paciência, e não sei exatamente qual deles em maior quantidade. Vou dar uma volta pelo jardim. A noite está agradável e eu preciso acalmar meu espírito para enfrentar a quadrilha na companhia de lady Rovenna — disse ele, rindo.

— Não acredito que minha irmã fez isso! — exclamou Phillip, rindo também. Quando não conseguiu me obrigar a dançar com aquela garota chata e petulante deu um jeito de convencer você. Lamento meu amigo, vou correr para o jogo de cartas. Nunca se sabe o que Priscila pode aprontar — e dirigiu-se ao salão de jogos.

Bahman se afastou em direção às arvores, a noite estava mesmo linda e ele queria caminhar um pouco, afastar-se do burburinho por alguns minutos. A lua crescente no céu o fazia lembrar-se de sua terra, e a saudade apertava em seu peito. Instintivamente olhou por entre as folhas para tentar enxergas as estrelas, mas o céu inglês não tinha um décimo da beleza do céu do deserto e o aperto em seu peito apenas aumentou.

Entretido em suas lembranças, Bahman se assustou com o farfalhar abrupto das folhas, um grunhido assustado, acompanhado de um gemido que ecoou na noite, e algo despencou do céu exatamente sobre ele fazendo-o ir ao chão.

— Você está bem, garota? Consegue me ouvir? — o jovem debruçava-se sobre ela sem tocá-la, mas olhando atentamente para seu rosto.

— Eu caí — respondeu Prudence com um tom de desalento na voz, sentando-se no chão. — Eu nunca tinha caído — disse ela, não inconformada com a queda em si, mas com o fato de ter sido incapaz de permanecer no alto da árvore.

— Bem, sempre pode haver uma primeira vez — respondeu o jovem. — Tem certeza de que está bem? — insistiu Bahman quando ela fez menção de se levantar. — Você pode ter quebrado alguma coisa, foi um tombo e tanto.

— Estou bem, obrigada — disse Prudence, aceitando a mão que ele oferecia para ajudá-la a levantar-se. — Vou ficar dolorida! Sei disso porque uma vez Star se assustou ao saltar uma sebe, derrubou-me e senti dores por uma semana, mesmo não tendo quebrado nenhum osso — ela explicou. — Dessa vez também não quebrei nada — falou, sacudindo braços e pernas para se certificar. — Acho que caí em alguma coisa — disse ela, olhando ao redor como que procurando sobre o que havia despencado.

— Exatamente — explicou Bahman. — Sua sorte é que eu passava por aqui exatamente no momento em que caiu... em cima de mim! Se eu não tivesse aparado sua queda, com certeza você teria se machucado mais seriamente. O que uma garota como você fazia em cima de uma árvore a essa hora e no escuro? — perguntou ele, com um misto de curiosidade e fúria.

— Lamento ter caído sobre você, foi um acidente bobo. Acho que encostei em algum inseto, talvez uma taturana, ardeu, eu puxei a mão e me desequilibrei. Mas tive sorte — disse ela, olhando para ele — despencar sobre você evitou que eu me machucasse — disse, petulante. Como se mudasse de ideia voltou-se para ele: — E você, está ferido? — a possibilidade fez com que a preocupação aparecesse em sua voz infantil.

— Não, você não me machucou. Mas também não me respondeu o que fazia em cima da árvore... senhorita...

— Prudence, isto é, quase lady Sinclair — disse a garota, fazendo uma leve reverência e corando ao se lembrar de se portar como uma futura lady e não estar empoleirada em uma árvore como um macaco oriental. Como ele não falou nada e ficou olhando-a surpreso, ela acrescentou: — Eu estava simplesmente apreciando a festa de minha irmã. Não me deixaram participar, mas não disseram nada sobre apreciar de longe. E quem é você? — perguntou Prudence, ao notar o sotaque estranho na maneira dele de falar, prestando realmente atenção pela primeira vez no jovem à sua frente.

— Ah, você é a irmã mais jovem de Phillip, então? Acho que não faz jus ao seu nome, Prudence — disse o irônico Bahman.

— Sim, sou Prudence e costumo ser cuidadosa — e insistiu — e você é...

— Bahman Al Kaled, ao seu dispor, milady — disse ele, fazendo uma leve reverência. — Sou convidado de seu irmão, estudamos juntos em Eton, mas acho que sabe disso, não é?

— Você é o príncipe? — perguntou Prudence, um pouquinho assustada com a possibilidade de ter desagradado o convidado ilustre.

Bahman apenas confirmou com a cabeça.

— Obrigada, foi gentil da sua parte não reclamar... demais. O que é bastante inesperado em se tratando de um amigo de Phillip. Seus amigos são muito afetados — disse a menina com sinceridade, surpreendendo-o.

— Nem todos — disse Bahman, encantando-se com a garota atrevida que dizia tudo o que lhe vinha à cabeça, uma atitude muito diferente das jovens inglesas, sempre formais e inescrutáveis.

— Já que está aqui, me conte tudo — disse Prudence, de forma autoritária apontando um banco nas proximidades.

— Tudo o quê? — perguntou, confuso, o príncipe.

— Sim, sobre o Oriente! Já li sobre isso, mas confesso que algumas coisas são impossíveis de serem compreendidas apenas quando se lê histórias. Você vive num palácio ou numa tenda? Li que as mulheres não podem mostrar o rosto, é verdade? Também li que montam em camelos porque esses animais conseguem atravessar o deserto sem beber água! Nunca vi um camelo de perto...

— Calma, é muita curiosidade junta — Bahman interrompeu, rindo alto.

— Eu sou curiosa... o mundo é muito grande para ser todo exatamente igual — disse a menina, numa reflexão muito adulta para sua idade. Meu pai viajou para longe quando era jovem, visitou a China e a Índia. Às vezes eu o convenço a me contar histórias sobre esses lugares diferentes... lugares que eu adoraria conhecer!

— Você tem razão, o mundo é muito grande e cheio de lugares e povos diferentes. Talvez quando você for mais velha poderá viajar e conhecê-los — disse Bahman, sem muita convicção, afinal ela era uma mulher.

— Pode ser, mas enquanto eu não sou *mais velha* você poderia me contar um pouco sobre o seu reino?

A garota era mesmo atrevida, pensou Bahman, *mas também era franca, divertida, e seu interesse, verdadeiro*. Não lhe custava falar um pouco sobre sua terra, ao contrário, isso lhe faria bem.

— Meu reino Al-Andalus é um entre os vários reinos árabes independentes. Não somos nômades, meu pai, o califa, mora no palácio Madinat al-Zahr, mas quando nos deslocamos pelo deserto ficamos em tendas. Não temos bosques como aqui, contudo o deserto é grandioso! Uma imensidão de areia dourada pontilhada por oásis com água fresca e tâmaras doces para saciar os viajantes. Viajamos em camelos porque são animais resistentes, mas também temos belíssimos cavalos. Nossas mulheres são recatadas, usam véus e preservam a própria beleza apenas para os olhos de seus maridos. Nossa cultura é rica — continuou ele perdido em lembranças — nossa música e nossa poesia elevam o espírito... — Bahman suspirou, uma certa nostalgia o envolvendo.

— Você sente falta, não é mesmo? — perguntou, baixinho, Prudence, quando ele repentinamente silenciou.

— Sim, Prudence, eu sinto falta — confessou, sem titubear. Hesitante voltou-se para ela: — Posso lhe chamar de Prudence?

— Oh, sim! É o melhor amigo de meu irmão — respondeu ela, abanando a mão como se aquela informalidade não tivesse nenhum problema para ela. — Do que você sente mais falta? — insistiu a menina.

Bahman ergueu os olhos, uma tímida neblina obscurecia a luz das estrelas.

— Do céu estrelado! Não há nada mais lindo do que observar o céu da Arábia, um manto de veludo negro, pontilhado por diamantes.

Eu sinto falta da beleza do céu de minha terra!

Prudence se calou em respeito à saudade que percebeu na voz de Bahman, mas havia tanto a perguntar, tanto a descobrir! Ela sabia que não era educado fazer perguntas, só que a oportunidade era boa demais para ser desperdiçada e sua ânsia de aprender muito grande para ser abafada. *Só mais uma perguntinha*, pensou, *só mais uma.*

— É verdade que entre o seu povo os homens podem se casar com várias mulheres?

— Se um homem quiser e puder dar a todas elas atenção e conforto material ele poderá se casar com mais de uma mulher — explicou Bahman, com tranquilidade. — Nossos costumes são diferentes, mas nossas mulheres são protegidas — disse ele.

— E você pretende se casar com quantas? — perguntou Prudence, com os olhos arregalados de espanto.

Bahman deu uma gargalhada, não se sentiu ofendido com a ousadia, afinal, ela era a irmãzinha de Phillip. Além disso, as perguntas, embora pessoais, não tinham a intenção de depreciar, apenas de conhecer sua cultura.

— Eu ainda não sei. Assim como aqui, os casamentos em meu país muitas vezes se baseiam em alianças. Talvez eu tenha duas ou três esposas. Eu já tenho uma noiva, nosso casamento foi acordado por nossos pais quando ainda éramos crianças. Ela é filha do emir de um reino próximo. Eu não a conheço, mas espero que ela seja minha Sherazade.

— Sherazade? — perguntou Prudence — quem é ela?

— Uma princesa de um reino do Oriente. Muito jovem, mas também muito bela e inteligente. Ela se casou com um sultão que, infeliz por ter perdido a mulher amada, se tornou um déspota sanguinário que se casava sucessivamente e na manhã seguinte aos casamentos condenava suas esposas à morte. Usando sua inteligência ela conseguiu conquistá-lo, reverter sua pena e trazer felicidade plena para seu soberano e seu povo.

— E como ela conseguiu fazer isso? — perguntou a curiosa Prudence.

— Se você deseja mesmo saber terei prazer em contar, mas não agora. Não é adequado continuarmos aqui. Além disso, eu devo dançar a quadrilha com uma amiga de sua irmã, lady Rovenna.

— Aff!!! — balbuciou a menina, com desdém.

O resmungo espontâneo de Prudence o fez sorrir ainda mais.

— Teremos oportunidade de conversar durante o final de semana — disse ele.

— Sim — respondeu Prudence, batendo palmas. — Você vai cavalgar amanhã? Um grupo irá até a beira do lago e mamãe me deu permissão para ir também. Vamos levar um lanche e passar a tarde lá. Se você quiser, poderemos conversar...

— Será um prazer, na verdade dois prazeres! Cavalos é uma paixão e cavalgar é meu esporte favorito — disse Bahman. — Se sua mãe permitir, ficarei feliz em lhe contar a história da princesa Sherazade.

— Minha mãe permitirá, por que não o faria? Mas tem certeza de que quer mesmo fazer isso, conversar comigo? — perguntou Prudence, uma leve suspeita assomando seus olhos. — Para ser honesta com Vossa Majestade, meus irmãos costumam dizer que sou curiosa em demasia, faço perguntas impertinentes e acabo aborrecendo minhas companhias. Não gostaria de aborrecê-lo — disse ela, com sinceridade.

— Falar sobre minha terra a alguém realmente disposto a ouvir é uma alegria. Não ficarei aborrecido, acredite. E desde já lhe faço um convite: gostaria que um dia você fosse conhecer Al Andalus como minha convidada. Vou levá-la para cavalgar no deserto, comeremos tâmaras no oásis e faremos uma festa em sua honra com dançarinas e música de cítara.

— Você está falando sério? — perguntou Prudence.

— Muito sério, considere-se convidada. Um dia, quando eu estiver de volta a Al Andalus, renovarei esse convite de forma adequada e marcaremos a data para sua visita. Mas agora devemos ir: eu de volta à festa para dançar com lady Rovenna e você à segurança de seu quarto. Chega de aventuras por hoje, não é mesmo?

Prudence concordou sorrindo, quando um pensamento preocupante a fez franzir a testa.

— Alteza — disse ela, com uma certa ansiedade transparecendo em sua voz — será que esse *encontro de hoje à noite* poderia ficar apenas entre nós dois?

— Você está me pedindo para mentir, milady?

— Não — disse ela com ênfase — não exatamente. Mas se não lhe perguntarem, poderia simplesmente não contar?

— Entendo — disse o jovem, com seriedade. — Bem, eu não poderia mentir aos seus pais, mas tenho um irmão mais novo. Ele também nem sempre cumpre as regras — disse ele, rindo. — Então vou fazer o mesmo que faço com ele, se seus pais não me perguntarem não comentarei a forma como nos conhecemos.

— Obrigada. É suficiente — disse a garota, fazendo uma reverência exagerada. — Sabe, acho que mamãe me deixaria de castigo se descobrisse minha *escapulida*. Não que eu faça questão de passear com os amigos de Phillip e Priscila, me divirto muito mais cavalgando sozinha, mas quero ouvir as histórias que *você* prometeu me contar e também porque sinto que seremos bons amigos.

— Também acho isso — comentou Bahman, divertindo-se com a ousada e original menina inglesa.

Com um leve aceno, Prudence despediu-se e correu em direção aos fundos da mansão. Teria que ter cuidado para não ser surpreendida ao retornar ao quarto, uma reprimenda ou castigo por ter saído estava fora de cogitação. A noite fora um sucesso, uma verdadeira aventura e ela não deixaria que nada a estragasse.

— Ele é um príncipe de um país distante e exótico! Vai me acompanhar no passeio ao lago e me contar a história da princesa Sherazade! E um dia eu cavalgarei pelo deserto e comerei tâmaras no oásis... Ah, cair da árvore definitivamente foi muito melhor do que participar da festa — concluiu feliz!

Capítulo 2

O jovem príncipe Tárik Al Khaled

Londres, três anos depois.
Mansão de Sua Graça, o duque de Barrington.

— Priscila!! Você está deslumbrante!

Prudence ficou boquiaberta ao entrar no quarto da irmã e vê-la vestida de noiva, um sonho em renda e cetim cor de marfim. O longo véu preso no diadema de pérolas que pertencera à avó de ambas emoldurava um sorriso que extrapolava o limite dos lábios e atingia os lindos olhos azuis. A felicidade de Priscila era perceptível.

— Estou? — perguntou a jovem, com a ansiedade natural das noivas.

— Está linda, sim! Andrew tem muita sorte em se casar com você — respondeu a garota.

— Eu tenho sorte também, irmãzinha. Ele será um bom marido e, como você sabe, estamos apaixonados — disse Priscila, levemente ruborizada.

— Gosto de Andrew também. Estou muito feliz por você. Mas

agora acho melhor pegar o buquê — disse Prudence, estendendo o ramo de flores para a irmã.

O buquê era lindo, com mirto, lírios do vale e jacintos colhidos no próprio jardim, e Priscila o recebeu com emoção. Passou o dedo levemente pelas pétalas de uma das flores e depois, pensativa, sentiu o perfume suave.

— Mamãe e papai em alguns minutos estarão aqui para levá-la. Você está nervosa — afirmou Prudence, percebendo que a irmã mordia levemente os lábios. — O que foi, Priscila?

— A ideia de atravessar a imensa nave da Abadia me assusta — confessou a jovem. — Tanto eu quanto Andrew preferíamos uma igreja menor, mas papai fez questão. Acho Westminster linda, mas grande demais. E haverá tanta gente... — completou a jovem lady, com uma pontada de receio na voz.

— Simplesmente não olhe para os lados, fixe o olhar no altar, apoie-se no braço de papai e siga em frente. Ouça a música, pense em Andrew esperando por você e caminhe em direção a ele — disse Prudence, com uma sabedoria inesperada para sua idade. — E lembre-se, eu terei entrado à sua frente — disse ela, rindo ao lembrar-se de que, como dama de honra, teria que percorrer o mesmo e intimidante caminho.

— Obrigada irmãzinha, farei isso — disse Priscila, tocando o rosto de Prudence num carinho gentil. — Você cresceu, logo chegará a sua vez — disse a noiva, suspirando. — Em dois anos terá sua primeira temporada. Eu tenho certeza de que encontrará alguém que a amará muito e que será digno de seu amor também. Você é linda e inteligente, os rapazes farão fila para pedir a sua mão, tenho certeza.

— Linda, eu? Você é muito gentil, Priscila, mas sei que não sou exatamente uma beldade. Espero que algum desses rapazes considere inteligência uma qualidade igualmente atraente — disse Prudence, observando seu reflexo no espelho.

A imagem que o aço polido refletia mostrava uma garota despontando para a idade adulta, o corpo magro começando a ganhar contornos femininos. Os cabelos castanhos, presos por duas delicadas presilhas de diamantes, tinham um brilho dourado. Não tinha os olhos claros como os de Priscila, mas igualmente amendoados e de uma cor que passava do mel-escuro ao chocolate de acordo com seu humor. A pele também não era tão cremosa quanto à da irmã, o costume de Prudence de cavalgar pelos prados sem proteger o rosto do sol lhe acrescentara algumas sardas no nariz, mas isso lhe dava um certo charme. Priscila tinha a beleza e a perfeição das frágeis rosas inglesas, Prudence tinha o colorido e a alegria dos narcisos.

As irmãs, embora diferentes, eram belas, cada uma à sua maneira. Prudence apenas precisava de tempo para desabrochar.

— Sim, minha querida — continuou Priscila, que percebera a análise que Prudence fazia de si mesma pelo espelho — você é linda! Em dois anos estará destruindo os corações de condes e marqueses! Será uma debutante belíssima e inteligente, uma combinação verdadeiramente perigosa. Poderá escolher entre os vários pretendentes que pedirão permissão ao papai para cortejá-la, aquele que tocar seu coração.

— Exagerada! Não faço questão de vários pretendentes — disse Prudence corando, — apenas um me bastará, desde que seja aquele que sozinho seja capaz de me fazer feliz.

— Queridas, está na hora — disse lady Agnes, entrando no quarto e interrompendo a conversa das irmãs. — Você está linda, minha filha! Ambas estão — disse a duquesa emocionada —, seu pai está aguardando. Estão prontas?

Assentindo com a cabeça, Prudence jogou um beijo e saiu do

quarto descendo a majestosa escadaria da mansão à frente da irmã. Todos os criados aguardavam no térreo para ver lady Priscila Sinclair descer de braços dados com o duque. Ela se despediu dos criados antes de seguir na carruagem com o brasão do ducado em direção à Abadia de Westminster, onde, pelo casamento, se tornaria a condessa de Remington.

Prudence o viu ao longe, no centro do salão de baile em meio a diversos amigos de Phillip. Bahman envergava uma casaca com tanta elegância quanto os ingleses — constatou ela, orgulhosa pelo amigo, mas indiscutivelmente era a presença de Nassif, sempre ao seu lado, que o destacava dos demais.

Durante toda a cerimônia religiosa ela pensou em procurá-lo com os olhos, mas a igreja estava muito cheia e ela, acomodada nos lugares à frente reservados para a família, não podia ficar virando-se para trás. Eles nunca mais haviam se encontrado desde aquele final de semana em Freemont House, mas ela guardara na lembrança a gentileza com que ele a tinha tratado. Algumas semanas depois ela tivera uma surpresa, com a permissão de Phillip, Bahman lhe enviara uma edição rara, em inglês, da história de Sherazade. O presente reforçara seu desejo de conhecer o Oriente.

Quando ele confirmara a presença no casamento de Priscila ela ficou ansiosa para lhe agradecer pessoalmente, e também para fazer com que ele soubesse que o tempo não diminuíra o seu interesse por seu país e cultura, tampouco a vontade de viajar até lá.

Estava distraída, perdida em seus pensamentos, quando alguém falou às suas costas:

— Como vai minha amiga Prudence? Ainda posso chamá-la

assim ou já devo me referir à senhorita apenas como milady?

Ela sorriu feliz, Bahman lembrava-se dela. Com um brilho divertido nos olhos, ela explicou:

— Está sempre me perguntando isso, Alteza — brincou Prudence, fazendo uma graciosa reverência. — Pelas convenções sociais inglesas ainda sou uma criança e ainda serei por mais um ou dois anos, por isso ainda posso ser chamada por meu primeiro nome. Somente após minha apresentação à sociedade me tornarei milady Sinclair, o que será um aborrecimento, naturalmente. Mas para meus amigos serei sempre apenas Prudence. Ainda somos amigos, espero?

— Claro que sim e seremos para sempre no que depender de mim. Mais do que amigos — disse ele — a irmãzinha de Phillip é uma irmã também para mim. E não me chame de Alteza — disse Bahman, fingindo estar zangado.

Bahman continuava gentil.

— Que bom ter vindo ao casamento, Bahman. Sentimos sua falta em Freemont House e eu senti falta de nossas conversas e de nossas cavalgadas pelo campo — disse ela, com franqueza e sem se preocupar em manter a discrição que as convenções sociais exigiam.

— Gostaria muito de ter retornado, mas tive alguns compromissos que me impediram. Meu irmão mais jovem veio à Inglaterra e eu tenho feito companhia a ele. Infelizmente a adaptação dele ao seu país foi mais difícil do que a minha, talvez porque não tenha conseguido um amigo como Phillip — respondeu Bahman.

— Fico feliz por Phillip ter sido um bom anfitrião em sua chegada à Inglaterra — disse Prudence — e seu irmão é igualmente bem-vindo à nossa casa.

— Tenho certeza que sim — respondeu Bahman.

— Quero agradecê-lo novamente pelo livro que me enviou. Já o li mais de dez vezes e é um dos meus mais preciosos tesouros — continuou ela ansiosa por descobrir se o convite para conhecer Al-Andalus ainda era real. Após a leitura seu anseio apenas tinha aumentado. Era rara a noite em que não sonhava acordada com o Oriente e seus mistérios.

— Fico feliz que tenha gostado. Sherazade é uma lenda entre meu povo.

— Uma mulher linda, inteligente e muito corajosa também, não deve ser fácil ser obrigada a um casamento com um homem cruel, que em poucos dias mandaria decapitá-la.

— Ela não teve opção, foi o sultão que a escolheu, não lhe era permitido recusar — respondeu Bahman, rindo.

— Ainda é assim em seu país? — continuou Prudence, com sua habitual franqueza — as mulheres são escolhidas e não podem opinar? E são decapitadas se não agradarem? Aqui na Inglaterra a maioria dos casamentos envolve muitos interesses, a mulher nem sempre pode escolher, mas se alguma se recusar às bodas ela não será condenada à morte. Talvez seja relegada ao ostracismo, enviada para alguma propriedade isolada no campo como castigo, mas certamente não será decapitada — repetiu Prudence, com firmeza.

— Essa história foi escrita há muito tempo, embora nossos costumes sejam diferentes dos costumes ingleses, não somos bárbaros e não decapitamos nossas mulheres! Quanto à princesa Sherazade, ela deve ser vista como um exemplo de inteligência, não de submissão — a voz grave e profunda que, às suas costas, intrometeu-se na conversa entre ela e Bahman, tinha um leve sotaque. Mas foi a entonação de raiva que ela detectou que a fez girar bruscamente a cabeça para conhecer o seu dono.

— Milady Prudence Sinclair, lhe apresento meu irmão caçula, o príncipe Tárik Al Kaled — disse Bahman, com formalidade.

O jovem à frente de Prudence também tinha olhos negros, mas enquanto os de Bahman eram amigáveis, os dele pareciam um mar de chamas ardentes. Um palmo mais alto do que o irmão, ele tinha a pele mais clara, usava os cabelos negros compridos e amarrados na nuca e tinha o maxilar quadrado firmemente cerrado como se para evitar falar o que poderia ser considerado inconveniente. O traje ocidental lhe servia com perfeição, evidenciando os ombros largos, os quadris estreitos e as longas pernas envoltas em botas de couro macio e brilhante. Embora seus traços juvenis amenizassem a expressão, ele a olhava fixamente com um certo ar de desdém, como se a opinião dela sequer merecesse ser considerada. Era assustador, mas Prudence não conseguia afastar seus olhos dele.

Com o coração bombardeando o peito, ela levantou o queixo e, em seguida, com uma graciosa reverência, o cumprimentou. Não importava que ele fosse um príncipe — ou um bárbaro — um convidado ou mesmo o irmão de Bahman, não se deixaria intimidar em sua própria casa.

— Seja bem-vindo à minha casa, Alteza. O irmão de Bahman será sempre um amigo para mim.

— Agradeço a gentileza da hospitalidade, milady, muito embora não possa agradecer o conceito que parece ter sobre meu povo. Devo, contudo, creditar essa visão à sua juventude — disse ele, com um sorriso sarcástico.

— Muito se engana, Alteza — meu conceito sobre seu povo baseia-se no conhecimento que me foi transmitido pelo príncipe Bahman, consolidado por seu próprio comportamento e educação, assim sendo só posso vê-los com admiração. Pelo menos até agora — disse Prudence.

Tárik levantou a sobrancelha esquerda com um certo ar de surpresa, a garota fora rápida em identificar o insulto e mais rápida ainda em revidá-lo.

— Perdoe-me — desculpou-se. Eu não quis soar ofensivo. A princesa Sherazade é um exemplo de dedicação para seu povo. Com inteligência mudou sua sorte, conquistou o amor de seu marido e o ajudou a se tornar um governante melhor. Não deve ser vista como uma mulher submissa; quando alguém a enxerga assim é frustrante.

— Então temos um ponto em comum, Alteza, não a vejo como submissa, ao contrário. Ela também me inspira, devo confessar que sua história me impressionou — respondeu Prudence, sustentando o olhar irônico do príncipe.

— Lady Prudence não quis nos chamar de bárbaros, meu irmão — disse Bahman, acalmando um pouco a tensão. — Assim como você, ela costuma emitir as próprias opiniões com franqueza.

— Claro que não os chamei de bárbaros, príncipe Tárik, se foi isso que entendeu, peço que me desculpe. Eu jamais pretendi ser indelicada com um convidado, especialmente durante a festa de casamento de minha irmã.

Prudence desculpou-se porque era isso que as regras sociais de boa educação determinavam, mas intimamente sentia seu sangue ferver, os olhos perigosa e repentinamente escuros. *Como Bahman, sempre tão gentil, podia ter um irmão tão... tão... tão... Nem conseguia definir aquele sujeito irritante e arrogante.*

— E falando em casamento, se me permite devo dizer que lady Priscila estava muito bonita — continuou Bahman, mudando habilmente a conversa. — Achei interessante os noivos pronunciarem seus votos durante a cerimônia, é um belo costume.

— Sim. A cerimônia foi linda e a alegria dos noivos contagiante. Eles têm sorte, se casaram por amor. Deve ser muito triste ser obrigada a um casamento de conveniência, aliás, ser obrigada a qualquer casamento — provocou Prudence, ignorando o olhar flamejante que o príncipe Tárik lhe enviou. — Eu não conseguiria ser submetida a esse tipo de pressão.

— Não imagino alguém conseguir obrigá-la a nada, muito menos a casar-se contra a vontade — disse Bahman rindo. — Tenho certeza de que você se casará apenas com quem escolher. Mas preciso saber uma coisa: você continua interessada em conhecer melhor meu país? Eu lhe trouxe outro livro, encontrei um de poemas árabes em inglês.

Prudence bateu palmas maravilhada, sem se preocupar se a atitude podia chamar atenção ou chocar os convidados, em especial o convidado insuportável que ao seu lado erguia o sobrolho com ironia. Afinal, conforme as convenções, ela ainda era uma criança e como tal podia se comportar.

— Você é um amigo maravilhoso, Bahman. Obrigada! Sim, eu continuo interessada em conhecer melhor o seu reino e sua cultura. Sempre estarei interessada, e um dia irei visitá-lo — disse ela, impulsivamente. — Isto é, se o seu convite for mantido — disse Prudence, percebendo que fora um pouquinho ousada e até inconveniente.

— Você sempre será bem-vinda e meu convite perdurará por todo o tempo em que perdurar o seu interesse. Um dia eu o farei formalmente, tenha certeza disso. E quando acontecer espero que você possa aceitá-lo. E agora devo perguntar se você já pode dançar, ou se esse prazer ainda não lhe é permitido.

— Permitido ou não, jamais perderia a oportunidade, Bahman. Isto é, se você não se incomodar que eu pise um pouquinho em seus pés. Na verdade, ainda não fiz todas as aulas de dança necessárias para ser apresentada à corte. Mas daqui a dois anos terei meu baile oficial e gostaria muito que você pudesse vir para dançar comigo. Afinal, você é meu melhor amigo. Eu prometo que vou treinar para não destruir seus pés.

— Eu adoraria e ficaria honrado, minha amiga. No entanto, devo retornar em breve para junto de meu pai e me preparar para assumir o seu lugar. Não estarei aqui quando for apresentada à corte, mas se me der a honra de conduzi-la, será um prazer ser seu par nesta noite. E não se preocupe com eventuais pisadas, meus pés são fortes, resistentes e acostumados às areias do deserto.

Fazendo uma leve reverência Prudence afastou-se de Tárik com um certo alívio. Dando o braço a Bahman, acompanhou-o até o centro do salão sob o olhar abismado do duque e da duquesa, surpresos por verem a filha caçula, sempre rebelde, portar-se com elegância num evento social.

À distância, Tárik observava o irmão e a garota, quase uma criança, que desafiava as convenções e, sem pedir permissão aos seus pais, dançava com um árabe de pele e cabelos escuros, sorrindo e tratando-o como amigo. Aquilo era uma surpresa, ele apenas não conseguia definir se o agradava.

Capítulo 3

A viagem dos sonhos

Londres, 1821.

— Mamãe, sinceramente, entre casar-me com um dândi desmiolado e antiquado, prefiro mil vezes ficar solteira e continuar me divertindo com meus livros. Não consigo me ver dividindo a vida com alguém que acredita que Londres é o único lugar civilizado no mundo e que tudo que não seja inglês é inferior! E pior, alguém que confessa jamais ter lido um livro inteiro — respondeu Prudence, indignada com a pergunta que sua mãe lhe fizera sobre as intenções de certo barão.

— Minha querida, ficar solteira não é uma alternativa — respondeu lady Agnes. — É inadequado que a filha do duque de Barrington não se case! Impossível que entre todos os jovens que lhe fazem a corte nenhum seja aceitável aos seus olhos. O que exatamente você espera? Prudence, você recusa pretendentes há quatro temporadas — lamentou-se a duquesa.

— Espero encontrar o homem certo, aquele que *me fará feliz* — disse ela numa escolha de palavras um tanto peculiar.

— Que maneira estranha de se expressar — disse lady Agnes. — O amor é importante, mas um casamento adequado também é, e o amor pode surgir com o tempo, nascer da convivência e de interesses comuns. Veja sua irmã: Priscila é absolutamente feliz com Andrew.

— Sim, Priscila é feliz — concordou Prudence — mas ela e Andrew se amam. Não se trata apenas de ele ser um bom marido, de terem dois filhos lindos e morarem numa bela casa. O que faz a diferença é que eles são apaixonados, gostam das mesmas coisas e se divertem juntos. Não é que eu não queira me casar, apenas não quero me casar para cumprir uma obrigação social, com alguém com quem eu não tenha sentimentos ou interesses em comum. Esse tipo de relação acomodada não me interessa, um casamento tem que ter emoção e amor!

— Acho que você lê histórias românticas demais, Prudence, e superestima o amor. Na maioria dos casamentos bem-sucedidos o que existe entre o casal é carinho e harmonia. A tranquilidade de uma vida rotineira é muito mais valiosa do que...

— Lorde Sinclair — anunciou o mordomo à porta da sala de estar, interrompendo as alegações de lady Agnes.

— Boa tarde! — Phillip entrou na sala antes mesmo que seu nome fosse totalmente anunciado. Parecia um tanto agitado e sua chegada inesperada surpreendeu ambas, mãe e filha.

— Phillip, que bom vê-lo, meu filho — disse a duquesa, oferecendo a face para que ele a beijasse. — Venha sente-se aqui, há dias não o vemos. Deixe-me servir-lhe uma xícara de chá — continuou ela, fazendo um sinal quase imperceptível para o empertigado mordomo que, num passe de mágica, apareceu com outra xícara numa bandeja.

— Que boa surpresa, meu irmão. Como estão Bea e Elizabeth? — perguntou Prudence, referindo-se à cunhada e à sobrinha.

Phillip sentou-se ao lado da mãe aceitando a xícara de suas

mãos. O rapaz havia se transformado num belo homem. Embora o tempo tivesse feito com que seus cabelos loiros recuassem um pouquinho na testa, os olhos mantinham a vivacidade e o brilho característicos de quem era feliz. Phillip, que agora era membro do parlamento, havia se casado com lady Beatrice Hastings e ambos tinham uma filha. A esposa estava novamente grávida e, dessa vez, todos esperavam que fosse um menino.

— Elizabeth está muito bem, cada vez mais esperta! Ontem me pediu para ganhar um pônei, mas Bea me proibiu de comprar um até que ela faça seis anos — disse ele, rindo. — Segundo ela nossa filha nem mesmo sabe o que está pedindo e argumentou que nessa idade um cavalinho de madeira é suficiente.

— Beatrice tem razão, querido, onde já se viu dar um pônei para uma criança de três anos? Elizabeth ainda é muito pequena — disse lady Agnes.

— Ela está crescendo rápido, mamãe, acho que só iremos realmente notar isso quando o bebê chegar. E falando nisso, Beatrice não tem passado muito bem, tem se sentido indisposta e não consegue se alimentar direito. O médico foi vê-la, disse que é normal que a mulher tenha enjoos matutinos no início da gravidez, mas ela fica muito aflita por se sentir mal.

— Pobre Beatrice — disse lady Agnes. — E o que o médico recomendou?

— Apenas muito repouso, nenhuma viagem ou programas exaustivos. Teremos que limitar bastante nossos compromissos sociais e aos inadiáveis terei que comparecer sozinho.

— Nada diferente do que já aconteceu na gravidez de Elizabeth. Todos sabemos que Beatrice é frágil e que precisa de descanso nesses períodos especiais. Se ela seguir as recomendações médicas ficará bem. E se houver algum compromisso social inadiável eu poderei acompanhar você — disse Prudence em tom de zombaria, já que sua aversão a eventos sociais e políticos era bem conhecida na família.

— Sim, irmãzinha, eu sei disso, aliás, é justamente por isso que estou aqui — respondeu Phillip, muito sério surpreendendo novamente mãe e filha.

— O que você quer dizer, Phillip? — perguntou Prudence, curiosa.

— Vocês se lembram do príncipe Bahman Al Kaled?

Ao ouvi-lo mencionar o amigo, Prudence sorriu. Como poderia se esquecer? Os livros que Bahman lhe dera ainda eram seus companheiros de cabeceira.

— O príncipe foi muito paciente e delicado comigo quando esteve em Freemont House. Eu fui uma menina muito petulante naquele fim de semana. Além de ter monopolizado a atenção dele ainda me atrevi a dizer que seriamos amigos para sempre e que um dia eu iria visitá-lo — disse Prudence, sorrindo. — E no casamento de Priscila ele dançou comigo sem se importar em ter os pés pisoteados!

— Prudence, você sempre foi tão expansiva — disse lady Agnes. — Tenho certeza de que Sua Alteza levou em consideração que você era apenas uma menina e achou sua afirmação uma brincadeira infantil.

— Acho que não — interrompeu Phillip —, na verdade ele parece ter levado a afirmação muito a sério!

— O que você quer dizer com isso, Phillip? — perguntou Prudence.

— Você acaba de receber um convite para ir à Arábia, Prudence!

Os imensos olhos cor de mel adquiriram um brilho dourado, e numa situação rara, ela não soube o que dizer. Com o coração palpitando, aguardou a explicação que tinha certeza o irmão daria.

— Um convite oficial — continuou ele — para as bodas do príncipe Bahman que foi enviado à Coroa, que aceitou e nomeou representantes. Havia um em separado, dirigido a você.

— Muito gentil, mas completamente inaceitável! — exclamou lady Agnes. — O duque jamais permitiria uma viagem ao outro lado do mundo — exagerou indignada a duquesa.

— Na verdade o convite foi entregue ao papai, mamãe. O embaixador não ousaria enviá-lo diretamente a Prudence. Eu e ele já discutimos o assunto, com bastante cuidado, devo dizer. É uma viagem longa, além da travessia marítima haverá um trecho a ser feito por terra, provavelmente com pouco conforto. Mas por outro lado há muitos interesses em jogo, por isso ele deixará a decisão a critério de Prudence — respondeu Phillip muito sério.

A afirmação, na verdade a possibilidade de escolha concedida a Prudence, era tão inusitada que as mulheres permaneceram caladas, cada uma com os próprios pensamentos em turbilhão. A chegada do duque fez com que ela se levantasse, aflita por esclarecimentos.

— Boa tarde, senhoras — cumprimentou o duque.

— Papai, eu adoraria comparecer ao casamento — disse Prudence, sem nem ao menos responder ao cumprimento. Ela tinha as mãos em súplica e um brilho de esperança nos olhos.

— Meu marido, não posso acreditar que o senhor consideraria um convite desses — interrompeu lady Agnes, com um ar ultrajado.

— Existe uma questão de interesse da Coroa envolvida nesse convite. Precisam conhecê-la para que o contexto geral fique claro. Receio que a questão seja um tanto enfadonha para as senhoras, já que uma explicação política é necessária.

O duque pigarreou, pois o assunto definitivamente não fazia parte das conversas que interessariam o público feminino. Certamente estratégia política não seria razão suficiente para convencer lady Agnes sobre a necessidade de Prudence comparecer ao evento.

— Vejam, senhoras — continuou ele —, o atual Império Otomano está bastante subdividido e o Oriente Médio é, por si só, um caldeirão tempestuoso! Tribos e etnias diversas dividem os territórios e o poder é sempre disputado a ferro e a fogo. A Inglaterra tem um projeto de expansão colonial naquela região... — o duque novamente pigarreou e se certificou se ainda tinha a atenção das mulheres de sua família — e para isso precisa forjar alianças e manter bom relacionamento com alguns reinos. Talvez seja melhor você explicar, Phillip, já que você tem tratado desse assunto no gabinete — disse ele, acomodando-se numa poltrona e aceitando a taça de xerez que o mordomo lhe entregava antes mesmo que isso lhe fosse solicitado. O velho criado conhecia muito bem os hábitos de Sua Graça.

Phillip tomou um gole de chá, enquanto as mulheres continuaram em silenciosa expectativa.

— Bahman foi enviado para estudar em Eton — começou ele —, onde, como sabem, se tornou meu amigo. Sua vinda foi uma estratégia de seu pai para manter os laços entre seu reino e a Inglaterra bem firmes. Enviar o filho para conhecer nossos costumes, nosso idioma, firmar amizades e futuras alianças foi uma jogada inteligente. O califa precisa do apoio inglês para manter suas fronteiras seguras, enquanto a Coroa precisa utilizar as rotas comerciais que cortam seu reino. Embora a amizade entre mim e Bahman seja real e ultrapasse os limites políticos, tanto ele como eu sabíamos que um dia ela poderia ser utilizada para o interesse de nossos países.

— Mas o que tudo isso tem a ver comigo? — perguntou Prudence, incapaz de manter-se calada por mais tempo.

— Ontem o embaixador de Al-Andalus compareceu a uma reunião do gabinete para transmitir pessoalmente o convite. O casamento será um evento grandioso. O Rei George naturalmente não comparecerá pessoalmente, principalmente pelo tempo que a viagem exige. Como amigo pessoal de Bahman também fui convidado e, como esperado, indicado para representar a Coroa durante as festividades, tudo muito previsível. A grande surpresa foi a inclusão de seu nome no rol de convidados, Prudence. O embaixador fez questão de salientar que esse era um pedido pessoal do príncipe Bahman. Ele informou que, na verdade, tratava-se da confirmação de um convite feito há anos, quando Sua Alteza esteve em Freemont House. Eu não me lembrava de nada parecido e simplesmente não entendi, mas depois de seu comentário de há pouco... — Phillip dirigiu um olhar sugestivo e irônico à irmã, o canto da boca erguido num indisfarçável sorriso.

Prudence engoliu em seco, Bahman não havia se esquecido da promessa!

— Mas isso não quer dizer que ela vá aceitar — interrompeu lady Agnes. — O príncipe foi gentil e levou em consideração a brincadeira de uma menina, mas ninguém espera que uma jovem inglesa aceite um convite desses. Como você mesmo disse, Phillip, aquela é uma região belicosa, onde existem conflitos e disputas por poder, é um país de... bárbaros, não cristãos!

— O problema, minha mãe, é que Beatrice não poderá me acompanhar. Ela foi convidada e está sendo esperada, mas sua condição de saúde, a gravidez... não há a menor possibilidade de ela fazer uma viagem tão exaustiva. O convite incluindo duas mulheres foi uma consideração especial de Bahman.

— Duas mulheres incluídas no convite para um evento oficial em um reino da Arábia, duas inglesas, essa é uma importante e rara deferência — raciocinou Prudence em voz alta, — se nenhuma das duas comparecer...

— Será considerada uma ofensa — concluiu Phillip, percebendo que a irmã entendera as implicações de uma negativa, o que poderá ser prejudicial aos interesses da Coroa.

— Naturalmente eu não permitiria que Prudence viajasse desacompanhada, minha esposa — interferiu o duque, — por isso lorde e lady Ravagnani participarão da comitiva, ela como acompanhante de nossa filha. Isso se você decidir aceitar, continuou dirigindo-se diretamente a Prudence. Você tem direito de escolha e não deve sentir-se pressionada por questões políticas. Mas — continuou o duque e deu uma piscadela carinhosa para a filha —, confesso que não me opus imediatamente a essa viagem apenas em razão do interesse da Coroa, mas também porque conheço sua curiosidade em relação ao Oriente.

— Mas... — tentou argumentar a duquesa, — eu não creio que...

— Obrigada, meu pai — disse Prudence, com um imenso sorriso no rosto interrompendo as objeções da mãe. — É claro que eu aceitarei o convite, jamais perderia uma oportunidade dessas, de viajar e conhecer um país exótico. Que maravilha! Não, mamãe — continuou Prudence, — não me olhe assim, eu não tenho medo e não acredito que eles sejam bárbaros, muito pelo contrário. Quanto tempo teremos antes de partir, Phillip?

E diante do olhar assombrado, mas impotente de lady Agnes, Prudence assaltou Phillip e o duque com perguntas sobre a viagem. Havia tanto a ser feito e tão pouco tempo...

Prudence ajeitou os travesseiros, virou o corpo e tentou, mais uma vez, conciliar o sono. Os últimos dias haviam sido agitados. Envolvida nos preparativos para a viagem ela não havia se dado conta do que realmente enfrentaria. Até o momento, tudo havia sido alegria, afinal essa era uma oportunidade única, a realização de um sonho. Viajar, conhecer outro país, outros costumes, nem por uma vez ela pensara nos riscos, nas dificuldades, simplesmente se concentrara na aventura e no belo. Agora que o dia de partir efetivamente chegara, ela não conseguia relaxar. Uma mistura de medo, euforia e ansiedade a assaltava toda vez que tentava aquietar a mente.

Cansada de rolar de um lado para outro, decidiu se levantar, talvez uma xícara de chá quente a ajudasse. Colocando um robe de chambre sobre a camisola, Prudence pegou um dos candeeiros que Maggie sempre deixava acesos sobre o console da lareira. Em outros tempos ela teria tocado a sineta e acordado a criada, mas hoje não faria isso.

Não, pensou ao avistar os dois baús no canto do quarto já prontos e fechados, *se vou me aventurar numa viagem ao Oriente, tenho que ser capaz de conseguir uma xícara de chá sem a ajuda dos criados*. Com cuidado desceu a enorme escadaria e seguiu pelos largos corredores em direção à cozinha, iluminando o caminho com a parca luz da vela.

A mansão era enorme e a escuridão tornava tudo um tanto assustador. Se estivesse em Freemont House seria mais fácil, afinal, ela crescera no solar, aquele era seu lar e ela conhecia cada passagem, cada quarto e corredor. Até os barulhos e rangidos que a velha casa fazia lhes eram familiares. Mas ali tudo era desconhecido, como se fosse um território hostil embora também fosse sua casa.

Prudence não gostava de Londres, da sociedade cheia de regras, nem mesmo da imensa e luxuosa mansão que a família possuía na cidade, uma casa que pertencia aos duques de Barrington há quatro gerações. Tudo naquela cidade lhe parecia artificial, uma vida em que os comportamentos eram ditados por rígidas normas sociais. *Até a criadagem é esnobe*, pensou.

Se a governanta me encontrar aqui de camisola procurando uma chaleira para aquecer água para o chá, certamente ficará escandalizada, disse a si mesma, enquanto tentava desbravar o território misterioso que era a cozinha da mansão. Foi quando notou que o fogo no enorme fogão de pedra estava apagado, as poucas brasas que ainda resistiam eram insuficientes para aquecer a água. — Que tolice, nem pensei nisso, melhor fazer o caminho de volta — já estava se encaminhando para a porta quando um grito abafado a fez estacar assustada.

— Milady! Que susto, o que faz aqui? Posso ajudá-la?

Era a cozinheira, que antes mesmo de o sol despontar se levantava justamente para reavivar o fogo e começar os preparativos do dia.

— Bom dia, senhora O'Donnell, não se preocupe, apenas não consegui dormir e pensei em uma xícara de chá.

— Mas onde está Maggie, milady? Por que não está lhe atendendo? — perguntou surpresa e muito constrangida a cozinheira, referindo-se à criada de quarto de Prudence. — Um instante, vou chamá-la, milady. Por favor, só um momento.

— Está tudo bem, senhora O'Donnell, eu não quis acordá-la. Vou voltar para o meu quarto agora. Assim que o fogo estiver aceso, por favor, peça a Maggie para me levar o chá. Acho que não vou mesmo conseguir dormir — disse Prudence.

— Como quiser, milady — assentiu a gorda senhora, ainda bastante surpresa por encontrar a jovem ali, de camisola e àquela hora da manhã. — Só me faltava essa! — resmungou, assim que Prudence saiu — a filha do duque na minha cozinha! Essa jovem não tem mesmo noção do seu lugar — e tratou de cuidar de seus afazeres com um ar emburrado.

Capítulo 4

"Eu a protegerei à minha maneira"

Al-Andalus, Palácio Real em Madinat al-Zahr.

Kamal sacudiu a cabeça e escavou o chão num gesto de reconhecimento e alegria quando Tárik, após desmontar, afagou-o com pancadinhas no pescoço. O enorme garanhão pertencia ao príncipe desde que era um potro indomado e não aceitava que outra pessoa o cavalgasse. Era um belíssimo animal de pelo negro e reluzente e porte altivo.

— Lave-o, alimente-o e escove-o bem. Complemente a ração dele com algum agrado — determinou Tárik ao cavalariço —, hoje cavalgamos por mais tempo do que o habitual, ele merece uma boa recompensa.

A largas passadas o príncipe se afastou em direção aos seus aposentos no palácio. Ele também precisava de descanso, talvez uma taça de vinho. Pensou em mandar chamar Samira. A dançarina era uma bela mulher, ele admirava sua arte e também sua destreza em fazer amor. Distraído em pensamentos foi apenas na segunda vez que percebeu o criado chamando-o.

— Príncipe Tárik, Sua Alteza o califa pede sua presença na sala de audiências — disse o jovem, após uma breve reverência.

Curioso com a razão do chamado inesperado, Tárik mudou imediatamente a direção de seus passos e seguiu para a sala onde o pai costumava receber representantes de governos estrangeiros ou ministros para audiências privadas. O criado da guarda foi avisado de que ele era esperado e abriu a porta imediatamente sem nem mesmo anunciá-lo. O local estava vazio, a não ser pela presença do monarca e de Bahman, já acomodado num conjunto de divãs disposto num dos cantos.

Respeitosamente o jovem aguardou que o pai lhe dirigisse a palavra. Por longos minutos o califa permaneceu em silêncio à frente da janela observando o jardim de tamareiras alguns andares abaixo. Ao virar-se e fazer sinal para que o filho mais novo também se sentasse, seu rosto demonstrava intensa preocupação.

— Recebi notícias de meus informantes e preciso discutir algumas medidas com vocês, meus filhos. Mas é essencial que o que falarmos permaneça entre nós. Vocês sabem que Abdullamid II está determinado a reverter o recuo do Estado otomano na nossa região. Para conseguir seu intento ele busca desestabilizar a maioria dos califados impedindo a formação de alianças com potências ocidentais, principalmente com a Inglaterra. Alguns de nossos conselheiros, e até emires de reinos menores, desejam prestar juramento a Abdullamid e lutar pelo restabelecimento do Império Otomano, mas eu me recuso a isso. Não há mais espaço para eles e para a influência germânica na Arábia.

— Nosso pai acredita, e eu concordo com ele, que o apoio inglês é indispensável para conseguirmos superar Abdullamid e manter fronteiras e rotas comerciais seguras — disse Bahman.

Tárik permaneceu em silêncio sem entender a razão de estar

sendo envolvido em assuntos de Estado, prerrogativa exclusiva do herdeiro e sucessor. Surpreso, continuou a ouvir as explicações dadas pelo pai e irmão.

— Quando enviei Bahman para a Inglaterra já previa que um dia poderíamos precisar dos ingleses — prosseguiu o califa. — A estadia dele rendeu frutos, Bahman fez ótimos contatos nos anos em que lá esteve.

— Eu sempre soube a razão de ter sido enviado ao exílio, meu pai — tranquilizou-o Bahman. — E procurei cumprir aquilo que o senhor determinou. Relacionei-me e aprendi o máximo possível sobre os ingleses, sua língua e seus costumes. O apoio deles sempre foi nosso objetivo, mesmo antes da ameaça representada por Abdullamid. E foi para estreitar nossos laços e forjar alianças que os convidamos para as festividades de meu casamento — disse Bahman olhando nos olhos de Tárik.

— Infelizmente minha estadia na Inglaterra não rendeu tão bons frutos, não é irmão? E depois, minha permanência por lá foi bem mais curta — justificou-se Tárik com a voz tensa.

— Meu irmão, não se sinta culpado por nada. O dever de formar alianças era meu, não seu. Ademais, o que aconteceu em Londres não foi responsabilidade sua, talvez ingenuidade, mas há que se considerar que você era pouco mais do que um garoto. Não vamos voltar a esse assunto — disse gravemente Bahman.

Com um gesto de cabeça, Tárik demonstrou que aceitava a determinação do irmão. Para ele também não era agradável rememorar seu breve período na Inglaterra.

— Falando em seu casamento — disse o irmão mais jovem voltando-se ao assunto, — aceitar nosso convite foi um indício da boa vontade inglesa, mas eu não acredito que eles tenham interesse em auxiliar.

— Phillip Sinclair é mais do que um contato político, ele é meu amigo e membro de uma das famílias mais antigas e importantes da Inglaterra — contestou Bahman. — Seu pai, o duque de Barrington, é extremamente próximo ao rei George e membro muito influente na Câmara dos Lordes. Tenho certeza de que serão as pessoas certas para defender nossa posição perante o Parlamento Inglês, se necessário. Para mais, a Inglaterra também tem interesse em manter suas posições seguras no que se refere ao comércio, especialmente na Rota da Seda. Os otomanos não serão aliados tão interessantes quanto nós nessa questão. E você está correto, Tárik, aceitar nosso convite foi um ótimo indicativo de boa vontade.

— Então, se acreditam que os ingleses nos apoiarão, o que realmente está acontecendo que vocês ainda não me contaram? Qual o verdadeiro motivo dessa reunião — perguntou o príncipe.

Diante do silêncio de ambos, uma suspeita surgiu na mente de Tárik.

— O que seus informantes lhe relataram, meu pai? Algum plano para atacar a comitiva inglesa foi descoberto?

— Sim, Tárik. Meus informantes avisaram que os homens de Abdullamid têm planos de emboscar a comitiva no caminho para cá. Nosso embaixador já havia orientado os ingleses a viajarem junto a alguma caravana de mercadores a partir de Damasco, e eu, assim que recebi a informação, determinei que uma escolta formada por homens de minha guarda pessoal se juntasse a eles.

— Então o que o preocupa, Alteza? — insistiu Tárik, dirigindo-se ao pai com o respeito que lhe era peculiar. — A comitiva estará protegida, os rebeldes não ousarão atacá-la se estiverem em grande caravana, além disso nossos guerreiros reforçarão a guarda.

Bahman se antecipou ao pai e respondeu ele mesmo:

— Lady Prudence Sinclair o preocupa, Tárik. Se descobrirem

que há uma nobre inglesa na comitiva poderão pensar em sequestrá-la. É um plano mais fácil de ser executado e até mais eficiente do que um ataque a homens armados e capazes de se defender.

— Quando Bahman sugeriu convidar a irmã de lorde Sinclair concordamos que seria uma ótima oportunidade para avaliar nossas relações com o duque e seu filho — disse o califa. — A nobreza inglesa trata suas filhas com muito cuidado, para eles são tão valiosas quanto os filhos homens. As mulheres podem até mesmo herdar a coroa — disse o califa, surpreso, com a simples possibilidade.

— Sim, um dos períodos em que a Inglaterra mais expandiu seus domínios foi durante o reinado de Elizabeth, uma rainha — explicou o príncipe herdeiro.

— A vinda de lady Prudence seria um sinal de respeito, demonstraria a importância que os ingleses dão às relações conosco, por isso fiquei muito satisfeito quando o convite foi aceito. Mas Bahman está certo, agora a vinda dela me preocupa, porque pode se tornar um grande problema. O sequestro e desonra da filha de um duque em uma viagem à Arábia, a nosso convite e sob nossa proteção, seria um ultraje que abalaria nossas relações. Dificilmente algum membro da família da jovem representaria nossos interesses na Corte Inglesa, se isso acontecesse.

— Mais cedo ou mais tarde a notícia de que ela faz parte da comitiva inglesa será conhecida e isso a colocará em risco. Não é difícil para alguns bandoleiros se infiltrarem na caravana como carregadores ou cuidadores de animais, por exemplo, e discretamente colocar um plano qualquer em andamento. Esses homens conhecem o deserto, saberiam escapar impunemente durante a noite — disse Bahman.

— Então vamos reunir o conselho para que outras providências sejam tomadas, chamaremos nossos generais para que pensem num plano de proteção abrangente — argumentou Tárik.

— Não! — gritou Bahman ficando em pé —, não podemos fazer isso. Percebo por que meu pai disse que o assunto não podia sair dessa sala. Mesmo na Corte existem aqueles que se opõe à aliança com os ingleses, homens que poderiam se aproveitar dessa situação para criar um conflito. Não devemos confiar em ninguém.

Por um instante o silêncio reinou na sala, até que Tárik percebeu o que era esperado dele. A boca cerrada demonstrava a tensão de um conflito íntimo, o desejo de ajudar o irmão se contrapondo à sua aversão em se aproximar de uma inglesa.

— Um dia prometi a uma criança que me tratou com respeito e amizade lhe mostrar nossa terra e o Oriente que eu lhe descrevi. Prudence é minha convidada e minha amiga. Eu me encarregaria pessoalmente de sua proteção, mas você sabe que não será possível, meu irmão — disse Bahman, em voz baixa. — Minha posição e o casamento próximo não permitem que eu faça isso sob pena de trazer ainda mais problemas para o reino, por isso preciso de sua ajuda.

A imagem da jovem, quase menina, altiva e orgulhosa respondendo à sua observação sobre Sherazade tomou a mente de Tárik. *Uma nobre inglesa típica,* pensou com desdém. Mas em seguida foi substituída pela cena em que a mesma jovem, sorriso aberto e olhos brilhantes, dançava feliz com Bahman sem se importar com as convenções sociais.

Respirando fundo ele capitulou, sabia qual era seu dever como irmão e como súdito. Não só seu país, mas a Arábia como um todo precisava formalizar alianças com os ingleses e ele precisava manter segura a mulher que poderia comprometer essas alianças.

— Eu a protegerei, mas farei isso à minha maneira — disse Tárik, por fim. — Preciso de autonomia para tomar qualquer decisão que seja necessária, essa é minha condição, você se encarregará de explicar isso a lorde Sinclair?

— Respeito seu desejo, meu irmão, pois sei que a protegerá, mas lembre-se de que, além de minha amiga, Prudence é uma peça importante nas relações entre nossos países. Os ingleses têm normas de conduta muito rígidas em relação às suas mulheres e filhas. Você melhor do que ninguém sabe disso.

— Não lhe faltarei com o respeito, meu irmão, e farei o possível para que nenhuma regra de decoro seja quebrada. Entretanto, não vou titubear em fazer tudo o que for necessário para impedir que ela seja levada. Nossa situação será ainda mais difícil se ela for sequestrada sob minha expressa proteção. Você sabe o que acontece com mulheres sequestradas por bérberes ou bandoleiros, e será pior quando descobrirem que se trata de uma mulher branca...

— Ela alcançaria um valor altíssimo em qualquer leilão clandestino de escravas — disse Bahman, completando o raciocínio. — E Abdullamid não fará nada para impedir isso, ao contrário.

— O que você está pensando exatamente, meu filho? — perguntou o califa.

— Ela está vulnerável, meu pai. Se decidirem sequestrá-la usarão subterfúgios. É muito fácil subornar um criado ou mesmo um pequeno mercador nessas caravanas, basta que alguém distraia os guardas numa noite qualquer enquanto outro invade sua tenda. Será necessária vigilância redobrada e não podemos confiar em nenhum deles. Levarei Nassif — disse Tárik, olhando firme para Bahman, — talvez precise de alguém com quem dividir essa incumbência.

— Escreverei a Phillip explicando a situação. Pedirei a ele que confie em você para estabelecer a forma mais discreta e mais eficiente possível para proteção de lady Prudence. E Nassif é uma boa escolha, ela já o conhece e isso poderá facilitar.

— Tárik, você é a pessoa certa para elaborar um bom plano,

conhece o bérberes e as táticas dos bandoleiros, conhece o deserto e o caminho. Saberá o que fazer — disse o califa, colocando a mão sobre o ombro do filho mais novo. Mas naturalmente a decisão final será de lorde Sinclair, cabe a ele aceitar ou não a proteção que estamos oferecendo.

— Vou me preparar para partir imediatamente, eles devem estar próximos a Damasco e no momento em que chegarem lá, a garota inglesa estará em risco. Não há como prever como e onde atacarão. Mande Nassif entregar a carta em meus aposentos assim que a escrever — disse Tárik a Bahman, eu a levarei pessoalmente a lorde Sinclair, é mais seguro.

Tárik havia caminhado apenas alguns passos quando Bahman o alcançou, dizendo:

— Obrigado, irmão, eu sei como será difícil ter que proteger uma mulher inglesa, mas acredite em mim, Prudence merece nosso cuidado, independentemente da situação política.

— Espero que você esteja certo, mas de qualquer maneira eu o farei por você não por ela. Sabe o que irá me incomodar? — perguntou Tárik, antes de se afastar.

— O que, irmão?

— Diante dessa situação inesperada, a próxima vez que a garota se referir a nós como bárbaros... terei que aceitar o insulto.

Capítulo 5

O mercado de Damasco

Prudence não sabia qual parte do corpo doía mais. A viagem estava sendo mais cansativa do que imaginara, mas o cansaço e o calor não a impediam de tentar absorver toda a diversidade ao seu redor. Haviam deixado a Inglaterra há semanas, viajando por terra e mar, atravessando a Europa e depois o Mediterrâneo, e novamente por terra até Damasco, onde ficariam por dois ou três dias para que a comitiva pudesse adquirir provisões e se juntar a uma caravana de mercadores.

A capital da Síria era uma cidade enorme e agitada, e surpreendeu as mulheres pelo colorido e vivacidade de seu povo. Prudence ficou ansiosa para explorá-la, mas sabia que precisava descansar um pouco antes de se aventurar no bazar ou nas mesquitas. O calor era muito forte, ela sentia o suor escorrer por suas costas, outrossim, precisava urgentemente de bebida e comida.

— Estou exausta, empoeirada e faminta — disse lady Emily assim que chegaram à hospedaria. Ah, espero que sirvam uma boa comida inglesa aqui!

— Miladies — disse Phillip —, os criados já levaram seus baús para os respectivos quartos, eu as aconselho a descansar bastante porque daqui até Al-Andalus a jornada será um pouco mais árida.

— O que isso quer dizer, lorde Sinclair? — perguntou a jovem senhora com os olhos arregalados.

— Daqui para frente não vamos contar com estalagens ou acomodações como essas de Damasco, milady. No deserto teremos que dormir em tendas — respondeu Phillip.

— Já havíamos conversado sobre isso, Emily — interferiu lorde Ravagnani — mas não se preocupem, vocês estarão bem acomodadas e protegidas.

— Ainda temos muito a percorrer, Phillip? — Prudence dirigiu-se diretamente ao irmão.

— Na verdade não, mas na próxima etapa haverá um trecho de deserto antes de chegarmos às planícies à margem do rio Tibre. Bahman quando nos convidou disse que seria aconselhável nos juntar a alguma caravana daqui para frente. O deserto é traiçoeiro e existem bandoleiros decididos a assaltar aqueles que fazem a Rota da Seda sem os devidos cuidados. Uma comitiva inglesa sozinha poderia chamar a atenção desses bandidos, por isso não será conveniente arriscarmos. E viajando na companhia da caravana teremos que seguir a mesma jornada que eles.

— Há algum perigo real? — perguntou Prudence levemente preocupada e lembrando-se de algumas das histórias dos livros que Bahman lhe enviara.

— Não, irmãzinha, se houvesse perigo real eu não a teria trazido. É claro que teremos que tomar cuidados extras, em especial com vocês mulheres, mas além da escolta inglesa que nos acompanha, o califa está enviando seus homens, treinados e acostumados com a região, para assegurar nossa proteção. O mensageiro com a notícia estava à nossa espera aqui em Damasco. Em alguns dias estaremos desfrutando o conforto do palácio real, que segundo me disseram, é lindíssimo.

— Talvez seja melhor que vá para o quarto, Emily, para descansar no conforto de uma cama — disse lorde Ravagnani. — Podem se passar alguns dias até que isso volte a ocorrer. Vou mandar que lhe levem uma refeição leve, talvez algumas frutas e água fresca. Não acredito que sirvam comida inglesa por aqui e talvez não seja adequado comerem alimentos que não conhecem. Infelizmente não poderei ficar e lhe fazer companhia. Phillip e eu teremos que acertar alguns detalhes da próxima etapa, mas vou tentar não demorar.

— Farei isso — disse lady Emily, enxugando a testa com um lenço de cambraia —, acho que o melhor é mesmo descansar. Tudo isso é uma aventura e eu adoro aventuras, mas também gosto de conforto. Você vem também, Prudence?

— Sim, é o melhor a fazer, e, por favor, lorde Ravagnani, peça para levarem ao meu quarto a mesma refeição que escolher para Emily — pediu Prudence, antes de seguir o criado que respeitosamente aguardava para lhes mostrar o caminho.

— Será que aqui eles sabem o que é um banho? — perguntou em voz baixa lady Emily, enquanto caminhavam.

— Espero que sim, eu também preciso de um. E será que um banho será suficiente para limpar toda a poeira acumulada em nossos cabelos? — perguntou Prudence rindo.

— Não sei, mas ainda que eu tenha que usar mímica vou conseguir uma tina de água quente — disse lady Emily ao lembrar que nenhumas delas conhecia o idioma local.

O criado as conduziu até um pequeno pátio interno. Para surpresa de ambas o local era aconchegante e agradável, um jardim circundava uma fonte de ladrilhos na qual pequenas flores aquáticas boiavam. O criado sírio não prosseguiu além daquele ponto, uma mulher vestida com trajes orientais veio encontrá-las e as levou aos quartos, que se abriam diretamente para aquele espaço. Nenhum delas disse uma única palavra.

Prudence ficou surpresa ao entrar nos aposentos reservados para ela. A arquitetura e decoração eram muito diferentes do que estava acostumada, ainda assim o local era agradável. As grossas paredes pintadas de branco, o piso de lajotas de barro e a cortinas que impediam a luz do sol, mantinham o aposento fresco. Um divã recoberto por um tecido de seda em tons de verde, com várias almofadas decoradas sobre ele, fazia o papel da cama. Sobre uma mesa baixa havia um jarro de barro cheio de água, uma bacia e algumas toalhas de linho.

— Hum — resmungou Prudence —, acho que terei que me contentar com isso.

Estava se esforçando para abrir os minúsculos botões que fechavam seu vestido às costas, quando ouviu uma batida à porta. Duas jovens, uma delas pouco mais que uma criança, entraram carregando bandejas com carne fria, um pão de massa muito fina, doces, frutas que ela não conhecia e uma espécie de bule, feito de vidro, com o que parecia ser chá.

Sorrindo, a mais jovem indicou por mímica que a ajudaria a despir-se enquanto a outra deixou o quarto fechando a porta sem fazer qualquer ruído. Aliviada, Prudence aceitou a ajuda para abrir os botões e, enquanto despia a roupa empoeirada, a garota despejou a água na bacia e lhe estendeu uma barra de sabão perfumado. A água estava fria, mas ela sentiu alívio em esfregar o sabão pelo rosto, colo e braços.

Refrescada, ela agradeceu à garota, que sorriu mesmo sem entender as palavras que ouvia e saiu deixando-a a sós. A comida lhe pareceu bastante apetitosa, ela experimentou a carne fria com pão e serviu-se de chá. Era de hortelã, muito doce e forte e ela estranhou o sabor. Os doces pareciam saborosos, mas o cansaço a dominou.

— Vou deitar-me apenas por alguns minutos — disse para si mesma.

O sol ainda estava alto no céu, mas ela nem mesmo percebeu quando ele cedeu seu brilho às estrelas.

— Prudence, você está com aparência bem melhor! — Emily sorria quando ela abriu a porta do quarto pela manhã.

— Bom dia, Emily, você também está com ar descansado. Acho que essa noite de sono fez bem a nós duas.

— Sim, eu consegui dormir muito bem, para falar a verdade nem ouvi Alfred roncar — disse a lady em tom de brincadeira referindo-se ao marido. — Mas, por favor, não comente que eu revelei esse detalhe, ele jamais me perdoaria — completou ela, rindo da própria confidência.

— Jamais — concordou Prudence, fazendo um ar solene. — E então, vamos sair para explorar um pouco a cidade? Phillip me disse que nem ele nem lorde Ravagnani poderão nos acompanhar, mas colocou um guia e dois soldados da guarda à nossa disposição. Ouvi dizer que há uma mesquita lindíssima e que o mercado também é bastante interessante, o que você acha?

— Acho ótimo. Assim como a você o Oriente também me fascina. Aliás, foi por isso que me interessei em vir acompanhá-la nessa viagem. Eu não sei se já lhe contei, mas Alfred e eu moramos por dois anos na Índia e foi uma experiência muito interessante...

Prudence sorriu, e enquanto Emily tagarelava não pôde deixar de pensar que tivera muita sorte. Elas já haviam se encontrado em algumas reuniões sociais, mas além de cumprimentos formais nunca tinham trocado uma palavra. Durante a viagem e com o convívio diário haviam se tornado amigas e descoberto interesses comuns, entre eles o fascínio pela cultura oriental, além de um certo desejo em desbravar lugares exóticos.

Emily, alguns anos mais velha do que Prudence, miúda e dona de uma energia inesperada para alguém de seu porte, era uma jovem senhora simpática e agradável. Casara-se com sir Alfred Ravagnani, um baronete, havia 10 anos e para tristeza de ambos não tiveram filhos. Isso transformara suas inclinações juvenis para a aventura em impulsos praticamente incontroláveis, que o marido, sempre disposto a agradá-la, aceitava com divertimento e paciência. Quando Phillip ressaltou na Corte a necessidade de companhia feminina para Prudence, o nome do casal foi o primeiro a ser lembrado.

— Estou realmente feliz que você tenha vindo na viagem. Se minha acompanhante fosse uma daquelas matronas que consideram tudo que não for ungido e aprovado por Sua Majestade, indigno de ser visto, conhecido ou experimentado, eu nunca descobriria tanta beleza — disse Prudence ao passo que visitavam o interior de uma mesquita cujas paredes eram decoradas com ladrilhos azuis e folhas de ouro.

— Elas não sabem o que perdem por não terem coragem ou curiosidade em se aventurar — comentou Emily. — E agora vamos conhecer o mercado?

— Ótima ideia, Phillip me disse que os artesãos fazem um trabalho de ourivesaria em prata maravilhoso.

Conversando de braços dados, dirigiram-se à Cidade Velha sob vigilância dos guardas ingleses e guiadas por um árabe que, embora não falasse com fluência o inglês, pelo menos conseguia se fazer entender. Nenhum deles, nem mesmo os guardas, notou o homem moreno, usando um ghutra listrado, observando-os à distância.

O *Souq Al-Hamidiyeh* é um mercado coberto e amplo repleto de lojas que vendem todos os tipos de mercadorias: roupas, tecidos, perfumes, tapetes e até frutas secas e doces. As duas amigas estavam maravilhadas pela profusão de cores e aromas e já haviam entrado em algumas lojas. Emily comprou uma pulseira e um lenço de seda, mas Prudence ainda não havia se encantado com nenhuma peça.

Até que numa lojinha pequena ela viu exibido numa espécie de vitrine um colar e um par de brincos em prata com lindas pedras azuis engastadas. O velho árabe quando percebeu seu interesse lhe estendeu a joia fazendo sinal para que ela experimentasse. Num inglês muito rudimentar ou por gestos, tentava se comunicar.

— Lápis-lazúli — dizia ele, apontando para as pedras num tom de azul-escuro.

Prudence colocou o colar no pescoço e imediatamente o vendedor lhe estendeu um espelho oval: a joia era mesmo muito linda. Encantada, aproximou os brincos do rosto, o conjunto era extravagante, mas o trabalho em prata era maravilhoso.

— Você deve levá-los, minha querida, basta ver o brilho de seus olhos para perceber que gostou muito. Mas lembre-se do que Phillip nos disse, não devemos pagar o que for pedido, você tem que negociar, é o costume — lembrou-a Emily.

— Você tem razão, as peças são lindas, vou levá-las. Já estava pronta a barganhar o preço quando o velho árabe fez um sinal com a mão para que ela aguardasse e desapareceu no fundo da loja. Voltou em segundos trazendo algumas peças que pareciam ser roupas.

Com cuidado colocou-as sobre uma mesa indicando que ela devia tocá-las, enquanto balbuciava algumas palavras em árabe. Vendo que ela não entendia, o velho apontou as peças pronunciando lentamente seus nomes. *Jelabiah*, uma túnica longa de seda muito fina e bordada em fios de prata, e em seguida *sirwal*, uma espécie de calça, afunilada nos tornozelos. Um corpete curto, decotado e sem mangas completava o traje.

Prudence sentiu o tecido delicado com a ponta dos dedos. A seda, em nuances suaves de azul e quase transparente de tão fina, era macia. Com mímica, o velho indicou que ela devia aproximar uma quarta peça do rosto, parecia um lenço grande e retangular, ricamente bordado em fios de prata.

— *Esse ser shayla, para cabelos* — disse ele em seu inglês canhestro à medida que reaproximava o espelho.

Ela não resistiu, cobriu os cabelos com a shayla e, num gesto ousado, a parte inferior do rosto. O lenço a fez sentir-se misteriosa e sedutora, a imagem que viu refletida não parecia ser ela. A roupa e as joias eram maravilhosas, mas o que a surpreendeu foi o brilho de seus próprios olhos, a emoção que vislumbrou neles. Percebeu que há muito tempo não se sentia tão viva e feliz!

Ela sabia que não usaria uma roupa assim, mas num impulso resolveu levar tudo. Seria um souvenir de sua viagem ao Oriente. Com a ajuda do guia e através de muitos sinais, ela negociou o preço com o velho árabe, exatamente como Phillip a havia ensinado.

— Estou me sentindo uma esbanjadora — disse Prudence, ao pensar no valor que havia pagado, assim que deixaram a loja.

— Minha querida, comprar joias e roupas que possam torná-la uma mulher mais bonita não é esbanjar, é atender à expectativa da sociedade — disse Emily de forma mordaz. — Portanto, esbanjar sem culpa é sua prerrogativa feminina para atender aos anseios de seu futuro marido. Afinal, você deve usar todos os artifícios para agradá-lo.

— Isso é horrível — respondeu Prudence, indignada —, eu jamais compraria algo para satisfazer um possível marido. Eu as comprei porque as achei lindas e eu quero usá-las. Não tenho nada contra agradar o homem por quem eu me apaixonar, é claro que vou procurar estar bonita para ele, mas definitivamente jamais me interessarei por um homem por quem eu tenha que esbanjar em joias e roupas para me tornar atraente.

Rindo, lady Emily enlaçou seu braço no de Prudence e respondeu:

— Calma, minha querida, não fique tão brava comigo. Eu concordo com você. Infelizmente a experiência já me demonstrou que para atrair inicialmente a atenção de um cavalheiro precisamos nos fazer bonitas. E só quando ele estiver aos nossos pés, e se nos interessar, é que devemos deixar aflorar nossa inteligência. O inverso os assusta, sabia?

— Não me importa que assuste, eu não poderia me interessar por alguém que não valorizasse a minha inteligência e minha capacidade de pensar por mim mesma.

— Bem, comigo funcionou — disse Emily. — Veja onde estou agora, conhecendo o outro lado do mundo! Mas Alfred só descobriu esse meu lado desbravador depois que, bem... depois que estava devidamente preso aos meus encantos — disse ela, rindo.

— Fico feliz por você, mas eu sou por demais franca e objetiva. Não consigo disfarçar minhas expressões faciais de desagrado ou me fazer de coquete para conquistar alguém. Quem quiser despertar meu interesse vai ter que se interessar pela Prudence real. Acho que isso explica o fato de eu ainda estar solteira. E agora acho melhor irmos para a estalagem, antes que eu acabe com todos os meus fundos nesse mercado — disse, rindo. — Só quero ver a cara que Phillip vai fazer quando souber a pequena fortuna que gastei para adquirir essas peças.

— Na verdade, se pensar bem, verá que seus gastos com modista apenas na compra de um traje de baile, superam em muitas vezes esse valor, minha jovem amiga. Mas tem razão quanto a voltarmos para a estalagem, estou exausta. E continuo louca por aquele banho, o que me ofereceram ontem nem de longe me satisfez — disse ela, lembrando-se da jarra de água fria.

— Phillip disse que Damasco é famosa por seus banhos públicos, mas naturalmente não poderíamos ir a um lugar desses, acho que teremos que nos contentar com a jarra de água fria. Ou talvez o estalajadeiro tenha conseguido uma tina, Phillip prometeu que falaria com ele.

— Quem sabe ele providencia uma massagem também — completou Emily, esperançosa. — Soube que existem técnicas orientais que fazem maravilhas...

Conversando, saíram do mercado e já estavam prestes a entrar no coche que as conduzia por Damasco quando inesperadamente um mendigo esfarrapado pulou à frente delas, a mão estendida para pedir uma esmola. Assustadas, recuaram imediatamente e os dois seguranças trataram de tirar o homem do caminho, sem perceber o outro que ficara à espreita.

O instinto fez com que Prudence virasse a cabeça no momento em que o segundo homem saiu das sombras como um gato silencioso para agarrá-la. Essa fração de tempo lhe deu uma mínima vantagem, seu recuo evitou que ele a segurasse com ambas as mãos.

Sob o olhar assombrado de Emily, ela gritou e reagiu puxando o braço e espetando-o com a ponta da sombrinha que levava como proteção ao sol. O homem gemeu e a soltou. Vendo que os guardas retornavam com as pistolas em punho e surpreendido pela reação da jovem, largou-a e correu, desaparecendo nas ruelas de Damasco.

— Você está bem? — perguntou uma assustada Emily. — Ele a machucou?

— Milady — disse um dos guardas, apreensivo —, acho que

eram mendigos, talvez ladrões de rua, lamento não termos visto o segundo. A senhora quer que mandemos alguém atrás dele?

— Não se preocupem, estou bem. Ele não levou nada, mal me tocou. Vamos voltar para a estalagem, foi só um susto. Nada que uma boa xícara de chá não resolva — disse Prudence, com a respiração acelerada.

— Sim, vamos voltar à estalagem, é o melhor a fazer. Quanto ao chá, seria perfeito, mas será que vamos conseguir uma boa xícara de chá de verdade? Porque aquele líquido verde e doce que servem aqui pode ser tudo... menos chá! — murmurou Emily, ainda tremendo muito.

Capítulo 6

A misteriosa terra de Sherazade

Phillip Sinclair tinha a testa franzida de preocupação enquanto lia a carta entregue por Tárik.

O príncipe chegara há pouco e, pelas roupas muito simples que usava, obviamente procurava não chamar a atenção. Fora uma surpresa agradável, mas a satisfação que Phillip sentiu ao rever o irmão do amigo foi rapidamente substituída por apreensão quando ele lhe pediu para conversarem reservada e imediatamente.

— É assim tão grave? — perguntou o lorde inglês quando terminou de ler a mensagem enviada por Bahman.

Os dois se encontravam sozinhos em uma saleta reservada para uso exclusivo da comitiva inglesa. Sentados em duas poltronas ao fundo, ainda assim se comunicavam em voz baixa.

— Abdullamid é dissimulado, pessoalmente não ordenará nada contra lady Prudence porque isso poderia gerar retaliação diretamente a ele. Mas divulgará a notícia de que ela tem valor e estimulará todos os bandoleiros, ladrões e traficantes de mulheres a tentarem sequestrá-la. Ele tem interesse em desestabilizar as relações dos reinos independentes da Arábia com a Inglaterra, e o que seria mais impactante do que o sequestro da filha do duque de

Barrington durante sua viagem para o casamento do príncipe de *Al-Andalus*?

— Então teremos que reforçar a guarda; vou pedir a Prudence que não saia da estalagem e depois que nos juntarmos à caravana ficarei com ela na mesma tenda. Eu agradeço muito seu interesse assim como o de Bahman, mas a responsabilidade pela integridade de minha irmã é minha — disse Phillip. — Não posso delegar a ninguém os cuidados com a segurança dela, essa é minha obrigação.

— Os acontecimentos do passado na Inglaterra podem estar lhe impedindo de confiá-la a mim — disse Tárik. — Eu entendo sua preocupação, mas juro pela minha honra e pelo nome de meu pai, que jamais ofenderia sua irmã. Ainda que a responsabilidade pela segurança dela seja sua, a situação exige um tipo de conhecimento que você não tem, lorde Sinclair.

— Meu amigo — disse Phillip —, eu confio minha vida a você se necessário for, assim como a honra de minha irmã. Não há nada em acontecimentos passados que o desabone, tenha certeza. Apenas devo cuidar dela eu mesmo, devo isso a meu pai. E também não acredito que bandoleiros ou salteadores do deserto tenham condições de romper o cerco da guarda inglesa e dos homens do califa, ou que correriam o risco de fazê-lo apenas por um pedido de resgate. Nós iríamos atrás deles e os caçaríamos como raposas.

Tárik adiantou-se um pouco na poltrona ficando bem próximo a Phillip e, num tom de voz ainda mais baixo, falou olhando-o nos olhos.

— Você não entendeu, lorde Phillip Sinclair, eles não pedirão nenhum resgate. Ela é branca e é virgem, vale seu peso em ouro num leilão de mulheres, seria vendida rapidamente para um harém e jamais, veja bem, jamais a descobriríamos. O deserto é traiçoeiro, esses homens são ratos e sabem como se movimentar por ele, se conseguirem pegá-la... — Tárik não terminou a frase, mas seu maxilar cerrado demonstrou com eficácia o nível de sua preocupação.

Phillip respirou fundo, o príncipe tinha razão. Em condições normais seria fácil proteger Prudence, ninguém ousaria atacar a caravana, no entanto, sob a proteção de Abdullamid, os homens seriam ousados, talvez o próprio sultão oferecesse uma montanha em ouro para tê-la em seu harém. Conseguiria seu objetivo político e ainda desfrutaria de uma virgem inglesa, a filha de um duque, seria uma considerável vitória sem dúvida.

— A carta de Bahman diz que eu devo confiar em suas decisões, príncipe Tárik Al Kaled, que saberá como protegê-la. O que propõe? — perguntou o lorde sabendo que não tinha muitas alternativas e que não deveria se arriscar.

— Levá-la sozinho, cavalgar com ela até Al-Andalus — disse Tárik sem pestanejar.

Phillip olhou incrédulo o homem à sua frente. *Como ele ousava propor tal coisa?*

— Amanhã você contará a todos, inclusive à lady inglesa que a acompanha, que lady Prudence sofreu uma ameaça de sequestro — continuou Tárik. — Aconselho-o a espalhar a notícia que, por medida de segurança, Lady Prudence ficará recolhida durante o restante do trajeto. Consiga um camelo com liteira para ela, agradeça à acompanhante e informe que nos próximos dias somente você lhe fará companhia dia e noite para dar-lhe a sua proteção. Ou seja, contaremos a verdade, tomaremos as medidas de proteção adequadas e todos acreditarão. Mas o mais importante é que os homens de Abdullamid também acreditarão nessa versão e, enquanto estiverem procurando um meio de furar o bloqueio e chegar até ela na caravana, já estaremos longe. Cavalgaremos pelo deserto, disfarçados, e eu a levarei em segurança até o palácio de meu irmão.

Ninguém imaginará uma lady cavalgando por dois ou três dias através do deserto.

— Você entende o que está propondo, Alteza? Devo deixar minha irmã viajar em sua companhia pelo deserto, por dias e noites? Sozinha?!

— Juro pelo meu nome e pela minha honra que ninguém jamais saberá que ela esteve viajando sozinha em minha companhia. A honra e a reputação de sua irmã estarão protegidas e, o mais importante, a sua vida também.

Phillip estava indeciso, o que diria ao seu pai se algo desse errado? Como ficaria a reputação de Prudence se viessem a saber que ela ficara sozinha em companhia de um príncipe árabe por dias e noites? E se ele não concordasse e algo acontecesse com ela? Por outro lado, não era um árabe simplesmente, era Tárik, o irmão da Bahman, e ele sabia que as ameaças eram reais. Ainda assim...

— Preciso conversar com ela, não posso lhe impor uma situação dessas sem consultá-la — disse o lorde após alguns minutos.

— Sim, mas seja rápido, não temos muito tempo. Enquanto isso, Nassif e eu tomaremos algumas providências, devo manter meu disfarce, não comente sobre minha visita, e...

Tárik não pôde concluir a frase, foram interrompidos por uma batida na porta. Lorde Ravagnani entrou intempestivamente e franziu o cenho ao ver Phillip recebendo um árabe naquele aposento.

— Perdoe-me por interromper, mas precisamos conversar. Em particular — disse ele com um ar de superioridade e certo desdém, sem reconhecer o príncipe.

Com um gesto de cabeça e um sorriso irônico nos lábios, Tárik fez menção de levantar-se para deixar a sala, mas Phillip o deteve, pedindo que aguardasse. Levantando-se ele próprio, aproximou-se de lorde Ravagnani dizendo.

— Podemos conversar, e se o que tem a dizer for algo relativo à viagem ou à comitiva pode falar sem receio. Meu amigo árabe é de toda confiança, nos conhecemos há muito tempo — disse ele, sem citar nomes ou fazer apresentações.

— Lady Prudence e Emily sofreram um ataque hoje ao saírem do mercado, dois mendigos, eu acho — relatou lorde Ravagnani. Foi uma situação muito estranha porque não tentaram levar as bolsas, um deles, porém, tentou agarrar lady Sinclair. Naturalmente, a guarda estava atenta e nada lhes aconteceu. Mas talvez seja bom que elas permaneçam na estalagem até a caravana partir, você não acha? Minha mulher é muito afoita, gostaria que você conversasse com sua irmã, talvez ela seja mais sensata do que Emily.

Phillip nem mesmo ouviu as últimas palavras de lord Ravagnani, seus olhos imediatamente enviaram uma mensagem muda a Tárik. Com a cabeça o príncipe que também ouvira o relato, sinalizou que sim. Mesmo sem comunicação verbal ambos perceberam que Prudence já fora vítima de um atentado.

Prudence chegou ao seu quarto exausta e, maravilhada, descobriu que os criados haviam trazido uma enorme tina. A garota que a esperava apontou para a banheira com um ar de indagação no rosto, e, diante do sorriso que recebeu em troca, imediatamente puxou a sineta para que trouxessem a água.

— Sim, mil vezes sim! — disse Prudence rindo, abanando a cabeça e apontando a banheira para que a garota entendesse que ela queria muito se banhar.

Em poucos minutos havia o suficiente para um banho. A garota despejou gotas de um óleo almiscarado, em seguida ajudou-a a se livrar de todas as peças de roupa e Prudence, deixando o recato de lado, mergulhou completamente nua na água tépida e perfumada. Com cuidado, a criada soltou seus cabelos e os ensaboou removendo toda a sujeira acumulada nos últimos dias. A sensação de relaxamento era maravilhosa, ela sentiu toda a tensão da viagem ir escapando de seu corpo.

— Hum — murmurou — isso é muito bom. — Poderia ficar aqui por várias horas.

Seu ar de satisfação era tão evidente que não foram necessárias palavras. Rindo, a jovem criada adiantou-se e começou a massagear seus ombros e costas para que ela relaxasse. Ela fechou os olhos e deixou a mente vagar, sentindo apenas a sensação de prazer. Foi com surpresa que notou, algum tempo depois, a criada tocando-lhe levemente o braço e estendendo uma toalha de linho. Só então percebeu que a água estava fria e o quarto na penumbra.

Aceitando a toalha, secou-se e vestiu um roupão. Ali não havia criadas inglesas para separar as roupas, se deixasse que a garota síria fizesse isso, ela nem saberia por onde começar, afinal os trajes ocidentais eram muito diferentes dos orientais. Ia separar as roupas de baixo e escolher um vestido para o jantar quando seus olhos caíram sobre as peças que havia comprado no bazar naquela tarde.

A curiosidade de ver como ficariam em seu corpo foi muito forte.

— Ora, por que não? Não há nada de mal em experimentá-las, apenas para ver como ficam — disse a si mesma em voz alta.

Decidida, por sinais pediu ajuda à criada para vesti-la.

A menina arregalou os olhos diante de tanta beleza. Com cuidado, quase reverência, ajudou-a a vestir a calça afunilada e depois o corpete, colocando por cima de ambos a túnica de seda. Então lhe fez sinal para que se sentasse, e com um pente de osso desembaraçou delicadamente o cabelo de Prudence. Os cachos brilhantes e sedosos caíram pelas costas quase até a cintura, exalando o perfume dos óleos que havia na água. Com ajuda de grampos e presilhas, afastou-os do rosto.

Murmurando a palavra *kajal,* a criada mostrou a Prudence um bastão estranho e escuro, semelhante a um lápis carvão. Com gestos indicou o que iria fazer e delicadamente contornou os olhos de Prudence. Por fim, colocou-lhe as joias, o belíssimo colar e os brincos de prata e lápis-lazúli e prendeu a *shayla*, uma das pontas cobrindo a boca e o nariz.

Correndo, a menina abriu janelas e cortinas para que a luz do dia invadisse o quarto, em seguida pegou Prudence pela mão e levou-a até a frente do espelho, orgulhosa de seu trabalho.

A imagem refletida era de uma desconhecida, uma belíssima desconhecida. O azul das roupas contrastava com a cor de seus olhos, que rivalizavam com as joias em brilho e beleza. Mas havia um mistério neles que a própria Prudence desconhecia. Pela primeira vez, a jovem, que sempre viveu à sombra da irmã mais velha, sentiu-se uma mulher poderosa. Foi como se aquela vestimenta lhe houvesse dado outra identidade e uma liberdade nunca antes vivenciada.

As roupas eram muito mais confortáveis do que as que costumava usar, o corpete fazia a função do espartilho, mas sem a rigidez de um. Ela estava totalmente coberta, apenas os olhos eram vistos pela fenda do véu, mas as roupas eram tão fluidas que a sensação era de nudez e isso era... agradável!

Uma emoção indescritível a tomou. Enfim, estava no Oriente, na misteriosa terra de Sherazade. E decidiu viver aquele instante de descoberta em sua plenitude, resgatando todos os sentimentos e a curiosidade de sua infância e adolescência. Deixando a vergonha de lado, rodopiou levemente e simulou alguns passos de dança.

Infelizmente não tinha a menor ideia do que fazer e seus movimentos nada tinham a ver com qualquer coisa que se assemelhasse à dança oriental.

Rindo, a criada aderiu à brincadeira. – *Hagalla, hagalla*! – bradava a garota ensinando-a como mexer as mãos, os braços, os quadris e fazer o véu esvoaçar. Depois de algumas tentativas, Prudence conseguiu executar alguns movimentos com graça e elegância.

Embalada pelas palmas da jovem criada ela rodopiou pelo quarto, os brincos tilintando em suas orelhas, os pés descalços mal tocando o chão, braços ao alto e quadris se agitando ao ritmo de uma música imaginária...

Era um momento único e ela se deixou levar por fantasias. Viver um sonho de amor e aventura era seu desejo mais íntimo e mais forte... e ela dançou com paixão para o homem sem rosto que vivia em sua imaginação!

Deixando Phillip na saleta do hotel dando atenção a lorde Ravagnani, Tárik apressou-se a procurar por Nassif, que ficara na estrebaria aos fundos da estalagem cuidando de Kamal e dos animais de carga que haviam trazido. Precisavam preparar-se para a travessia com urgência, quanto mais tempo demorassem para partir, maior seria o risco.

– Maldita garota inglesa, praguejou em voz alta ao encontrar o curdo.

Nassif piscou diante da explosão de raiva, mas permaneceu impassível. Ele conhecia Tárik desde que esse começara a andar, o garoto meio árabe, meio inglês, criado ao lado do irmão mais velho e herdeiro. Ele sabia o quanto os irmãos eram próximos, apesar das diferenças em suas origens e nascimentos. Sua responsabilidade sempre fora proteger Bahman, por quem daria a vida se necessário, mas fora impossível cuidar de um sem cuidar do outro já que eram inseparáveis durante a infância e a adolescência.

– Precisaremos de provisões para três, talvez quatro dias — continuou Tárik, enumerando as providências necessárias. — E dois barris de água: melhor sermos prevenidos, talvez tenhamos que contornar o oásis para despistar os homens de Abdullamid. Veja também ração para os animais e procure uma boa égua, acostumada ao deserto, para a inglesa. Espero que ela saiba montar, resmungou. — Seja discreto, terá que adquirir tudo sem chamar a atenção. Se lhe perguntarem algo diga que somos mercadores planejando a volta para casa.

– Não se preocupe, paxá Tárik, sei o que fazer.

– Providencie também uma *abaya* para a nossa protegida, não conseguiremos tirá-la daqui em segredo se ela estiver usando roupas ocidentais — disse ele, preocupado. — O manto esconderá as vestes e seus cabelos, e ela se parecerá um garoto — continuou, lembrando-se da jovem magricela e atrevida que conhecera alguns anos antes.

O curdo assentiu com a cabeça.

– Vá agora, eu vou ficar de guarda enquanto você providencia tudo isso. Depois dos acontecimentos de hoje, devo redobrar minha atenção.

O quarto que Prudence ocupava na estalagem tinha as janelas abertas para um pequeno jardim murado que protegia suas ocupantes de olhares masculinos. Damasco não era uma cidade predominantemente muçulmana, ainda assim os cuidados e proibições em relação às mulheres eram muitos.

No entanto, o que num primeiro momento parecia garantir

proteção, poderia facilitar um sequestro se o agressor fosse determinado. Os muros desses jardins ocultavam as mulheres, mas também poderiam acobertar um malfeitor que se esgueirasse através deles.

Tárik sorriu lembrando-se das vezes quando, mais jovem e ignorando ordens do pai, invadira locais assim para visitar alguma jovem que não resistiria a seus encantos. Em uma delas fora descoberto e, como sempre, fora o irmão amado que o livrara das punições por desobediência. Da mesma forma que agia naquelas ocasiões, aguardou que não houvesse ninguém na ruela aos fundos da estalagem e galgou o alto muro com agilidade, saltando para o jardim.

A imagem que viu dentro do quarto o paralisou, uma mulher num traje oriental azul e prata, os cabelos cobertos pelo véu, dançava uma melodia sem som. Seus gestos não eram corretos, tampouco seus passos, mas tudo nela transbordava sensualidade.

Aproximando-se com cuidado para não ser surpreendido, Tárik notou fascinado que aquela era a inglesa. A roupa oriental que ela envergava era um traje para ser usado em ambiente fechado para deleite de um marido ou num harém, nunca em público. O tecido muito fino não velava totalmente suas formas e ele pode vislumbrar a curva da cintura, o volume dos seios e os quadris arredondados. Aquele corpo que se movia de forma sinuosa jamais seria confundido com o de um garoto, pensou assombrado.

Num dos rodopios, o véu se soltou e deixou à mostra uma cascata de fios brilhantes como seda. Os cachos castanhos chegavam até a cintura e acompanhavam o movimento de cada volta. Um desejo louco de enfiar o rosto naqueles cachos, de sentir seu perfume e sua textura o dominou. Imaginou suas mãos percorrendo aquele corpo, a boca sentindo seu gosto...

– Por *Allah* — murmurou entre dentes —, ela é minha protegida! Por minha honra, devo respeitá-la!

A mulher era por demais sedutora e ele sabia que se permanecesse ali, não se furtaria a observá-la. Mas as recomendações de Bahman lhe vieram à mente, havia muito em jogo para que ele deixasse seus impulsos aflorarem. Irritado consigo mesmo pela falta de controle, retornou sobre seus passos e voltou à rua. Assim que Nassif terminasse de comprar o necessário, eles partiriam.

Recostado no muro, à sombra escassa de uma tamareira, ele parecia um árabe desocupado matando tempo. A *guthra* de tecido grosseiro e o turbante cobrindo parte do rosto escondiam com perfeição seu porte e suas feições. Apenas os olhos negros e inquietos destoavam daquela aparência. Embora relaxado, mantinha-se vigilante.

Um som chamou sua atenção e atento esquadrinhou a viela: não havia ninguém. Um gato surgiu no alto do muro e, ao observá-lo, notou pelo canto do olho um movimento furtivo no telhado, alguém pulara de lá para o chão.

Prudence se cansara de tanto girar e dançar! Há muito tempo não se divertia assim! Ela e a criada ainda riam muito e só notaram o homem quando ele já ultrapassara a janela e estava dentro do quarto.

— *Sayida*[1]! — gritou a criada apontando para o encapuzado.

Surpresa e com o coração palpitando, Prudence tentou gritar e pedir ajuda, mas o som estrangulado que saiu de sua garganta não foi suficiente para assustar o intruso ou ser ouvido por quem estava do lado de fora.

1 - Senhora.

Para sua sorte o homem titubeou, ele procurava por uma jovem inglesa e deparou com duas mulheres usando trajes orientais. Surpreso, demorou alguns segundos para identificar um par de olhos cor de mel e descobrir a quem procurava, mas esse tempo foi o suficiente para que seus planos naufragassem.

Tudo aconteceu muito rapidamente e antes que Prudence esboçasse uma reação ou pensasse em escapar, estava terminado. Um segundo homem surgiu no quarto pelo mesmo caminho. Também vestia roupas árabes, os olhos negros entrevistos entre os panos do turbante tinham um brilho predatório, mas por uma fração de segundos ela teve a impressão de que os conhecia.

Em silêncio, os invasores se atracaram, o primeiro puxou uma faca curva e avançou tentando acertar seu opositor no abdômen. Com habilidade o segundo o desarmou e o golpeou com força. Surpreendido pela resistência inesperada, o homem saltou a janela.

Fascinada e incapaz de mover-se, Prudence seguia todos os movimentos em silêncio, e só nesse momento percebeu que a criada fugira deixando a porta entreaberta.

— Lady Prudence!

O intruso chamou-a pelo nome e, novamente, a voz fez com que algo se agitasse no fundo de sua mente. Onde a ouvira?

— Lady Prudence — insistiu ele, em inglês —, não se assuste! Estou aqui em nome de sua segurança, vou lhe explicar...

Ela o encarou por exatamente um segundo e correu em direção à porta. Como que por encanto, nesse momento Phillip surgiu na soleira.

— Prudence?! — indagou admirado ao notar a forma como ela estava vestida.

— Phillip, ainda bem que chegou. Um homem invadiu meu

quarto, e outro entrou a seguir, e eles lutaram e...

— Calma, minha irmã, vamos entrar e fechar a porta. Não se preocupe, ele é um amigo — disse, apontando para Tárik que estava em silêncio. — Mas primeiro me diga, que trajes são esses? — perguntou, levemente escandalizado.

Só então Prudence lembrou-se que vestia o traje árabe.

— Eu o comprei no mercado. Achei tão bonito que não resisti — explicou ela, constrangida. — Decidi experimentá-lo, mas nunca imaginei que seria vista — disse, cobrindo-se com uma capa.

— Foi isso que a salvou — analisou Tárik lenta e pensativamente. — O raptor não a reconheceu de imediato, foi o suficiente para que eu conseguisse chegar aqui antes de ele levá-la.

— Por favor, eu não estou entendendo nada — disse ela, assustada. — Raptor? Do que estão falando? E quem é você? — perguntou ela, olhando diretamente para o árabe à sua frente.

Com cuidado e de forma sucinta, Phillip lhe explicou o que estava acontecendo, o receio e a possibilidade de que ela pudesse ser raptada, as dificuldades em protegê-la e a decisão de acolher a indicação de Bahman e entregá-la à proteção de seu irmão.

— E esse é o príncipe Tárik, o irmão de Bahman — disse Phillip, concluindo.

Um brilho de reconhecimento surgiu nos olhos de Prudence, a lembrança de um sujeito irritante e insuportavelmente arrogante, dono de um par de olhos negros *como... como... exatamente como aqueles que a observavam agora com um brilho zombeteiro.*

Com gestos rápidos Tárik livrou-se do turbante e da túnica de algodão grosseiro que usava sobre as roupas.

— Você é ele — disse Prudence de forma enigmática.

Ela lembrava-se do jovem muito alto, com cabelos negros e longos amarrados na nuca e língua afiada, com quem sonhara em duas ou três noites sentindo um misto de raiva e curiosidade. Mas quem estava à sua frente não era mais um garoto, era um homem! Os olhos negros e profundos eram os mesmos, mas o brilho da juventude fora substituído por algo mais feroz. Ele parecia ainda mais alto do que ela se lembrava, o maxilar firme e quadrado, sombreado por uma barba incipiente e escura, o cabelo agora cortado na altura da nuca, um sorriso irônico lhe curvando o canto da boca sensual. A camisa branca e folgada deixava entrever o pescoço e adivinhar os ombros largos e o tórax musculoso, os culotes de couro negro se amoldavam às coxas firmes e rijas, mas eram as mãos, morenas e cerradas ao lado do corpo, que evidenciavam sua tensão.

O tempo transformara rebeldia em alguma coisa mais perigosa, percebeu Prudence, ele parecia uma pantera pronta para dar o bote. Instintivamente recuou um passo, seu coração saltou no peito e sua boca ficou seca.

— Sim, milady, eu sou *ele* — disse Tárik, naquela voz grave e inconfundível. — Encantado em revê-la — disse o príncipe, fazendo uma mesura à maneira dos lordes ingleses, os olhos fixos no dela.

Prudence sentiu-se invadida, como se ele pudesse ler cada um de seus pensamentos!

— Vocês se conhecem? — perguntou Phillip surpreso com o clima que sentiu entre eles.

Sua vontade era negar, mas isso seria uma mentira, por isso admitiu.

— Quando o príncipe esteve em nossa casa no casamento de Priscila, Bahman nos apresentou — disse Prudence retribuindo o cumprimento com um leve inclinar de cabeça à medida que respirava fundo para aquietar a mente e a turbulência que insistia em agitar seu coração.

— Ah, sim, eu havia me esquecido — disse Phillip. Prudence,

por favor, troque essas roupas e arrume o necessário para a viagem, o restante de sua bagagem eu levarei com a caravana.

— Não temos muito tempo, devemos partir agora — disse Tárik.

Levantando o queixo com teimosia, Prudence respondeu.

— Eu agradeço sua preocupação e seu cuidado comigo, mas prefiro continuar com a comitiva. Phillip, por favor, estarei mais atenta agora que estou ciente dos riscos, além disso acredito que a guarda será plenamente capaz de nos oferecer proteção mesmo nessa situação inesperada...

Em um segundo, Tárik cruzou o quarto colocando-se à frente dela e, olhando-a sem pestanejar, perguntou:

— Milady faz ideia do que acontece a uma jovem branca quando cai nas mãos desses mercenários?

Prudence engoliu em seco.

— Não temos tempo, milady, temos que partir agora — bradou ele, num tom que não admitia controvérsia. — Você deve seguir vestida como está — ordenou —, eles procuram por uma lady inglesa, uma mulher com a cabeça coberta chamará menos atenção. Eu não esperava por isso, mas já que você as usa deve continuar. Nassif lhe trará uma *abaya*, uma espécie de capa e você usará sobre a roupa, explicou. — A lady se sentirá mais... mais .... menos exposta! Usar roupas ocidentais será um risco desnecessário. E.... cubra os cabelos! Esse último não foi exatamente um pedido, o tom era de uma ordem.

— Eu não vou a lugar nenhum com você — disse ela —, e muito menos usando essas roupas. Phillip, você realmente não espera que eu faça isso — disse Prudence, indignada.

— Não há tempo, Prudence, a situação é realmente perigosa, minha irmã. Tárik garantiu sua liberdade e possivelmente também salvou sua vida hoje. Se não tivesse ficado atento e percebido o invasor entrando em seu quarto, você possivelmente teria sido arrastada para o deserto e nós não conseguiríamos encontrá-la nunca mais. Eu também não acreditei que o perigo pudesse ser tão sério, mas agora vejo que ele tem razão. Foram dois atentados apenas hoje, e você teve sorte em ambos. Da próxima vez poderá ser diferente, esses homens são capazes de tudo, e a guarda não conseguirá protegê-la. Você deve ir com ele, não há alternativa.

— Mas... — Prudence tentou protestar.

— É o melhor a fazer — interrompeu Tárik. — Meu irmão me ordenou que cuidasse de você, eu a protegerei contra tudo e contra todos. Não se preocupe, sua reputação também estará a salvo, ninguém conhece esse plano e para todos os efeitos você estará seguindo com a caravana. Por isso devemos partir imediatamente, antes que alguém nos veja juntos ou sua criada retorne. Eu já tenho tudo preparado, Nassif deve ter tomado as providências que determinei e nos encontrará no estábulo. Há um pequeno oásis, pouco mais do que um poço, fora da rota comercial. Se partirmos ao cair da noite, poderemos acampar ali. O local não é muito utilizado por ser pequeno e estar próximo a Damasco, então, estaremos em segurança.

— Leve apenas o que considerar indispensável, minha irmã, o resto de seus pertences seguirá comigo. Estaremos juntos em breve — disse Phillip, com suavidade.

Como uma autômata, Prudence pegou uma pequena bolsa de viagem com seus objetos pessoais indispensáveis, enquanto Tárik repassava os últimos detalhes do plano.

— Phillip — conte para lady e lorde Ravagnani sobre essa invasão, mas diga que foi você que rechaçou o intruso. Acredito que a criada correu assim que eu entrei no quarto, ela não vai contradizê-lo. O que houve aqui só reforçará a história sobre a ameaça de sequestro, confirme a versão de que Prudence está abalada e não deve ser incomodada e mantenha a porta trancada, insista que ela quer apenas dormir e descansar.

— Como saberei que está tudo bem? — perguntou Phillip, preocupado.

— Terá que confiar em mim — respondeu Tárik, vestindo novamente a *guthra* grosseira e o turbante de algodão. — Assim que nos aproximarmos do palácio em Al-Andalus mandarei Nassif avisar a Bahman. Eu conseguirei entrar na cidade e chegar ao palácio sem que ninguém nos veja, levarei Prudence aos aposentos reservados, você a encontrará lá e juntos se apresentarão à corte. A comitiva inglesa não notará que ela não esteve com você durante o trajeto e a reputação de milady estará a salvo, assim como sua vida. Fique tranquilo Phillip, eu a levarei incógnita e em segurança até você.

— Eu a confio a você, príncipe Tárik, cuide dela e proteja-a como se fosse eu — disse Phillip.

— Como a minha própria vida — respondeu o árabe com a mão sobre o coração. — Não se preocupe, eu cuidarei dela — e dizendo isso estendeu a mão para que Prudence se apoiasse nele e o seguisse.

Atônita e com o coração aos pulos, ela sentou-se no parapeito da janela, segurou a mão do príncipe, fechou os olhos e saltou para o desconhecido.

Capítulo 7

Em direção à vastidão do deserto

O sol já se escondera, apenas um leve brilho róseo no horizonte ainda teimava em se opor à escuridão da noite. A pequena comitiva cruzou as ruelas de Damasco sem chamar muita atenção, alguns homens levantavam os olhos à sua passagem, mas apenas para admirar o belo garanhão negro conduzido pelo árabe em trajes grosseiros, possivelmente um mercador em trânsito pela cidade.

Envolta num manto de algodão, cabelos e rosto escondidos pelo capuz, postura encolhida e atitude submissa como lhe fora determinado, Prudence se tornara indistinta. Num primeiro olhar, a figura sobre o animal castanho era de um garoto, um aprendiz aparentemente cansado após um dia seguindo seu senhor.

Aturdida pelo que acontecera nas últimas horas, ela ainda não conseguia avaliar a extensão daquela mudança de planos. Contudo, seguia o homem à sua frente obedientemente, quer ela gostasse quer não, sua segurança parecia estar nas mãos dele.

Os últimos casebres de barro e arbustos ressequidos foram ficando para trás, à frente um caminho de chão batido pelas milhões de caravanas que por ali haviam passado nos últimos séculos.

Nenhuma árvore ou vegetação no horizonte, apenas pedras e areia.

— Você desejava aventura — disse a si mesma em voz baixa —, pois conseguiu! A ironia mordaz não foi capaz de acalmar totalmente seu coração ansioso.

A égua que Prudence cavalgava era dócil, e ela não tinha dificuldade em conduzi-la, mesmo naquele terreno estranho. Sentia-se grata por estar usando as roupas árabes, teria sido difícil manter o equilíbrio e a postura relaxada se, montando numa sela masculina, vestisse espartilho apertado e anáguas enrolando-se às pernas.

Nassif deve ter encilhado a égua com essa sela para que eu não chamasse a atenção, pensou Prudence. *Ou talvez as mulheres árabes cavalgassem como os homens. Possivelmente as mulheres árabes nem mesmo estejam acostumadas a montar*, concluiu dando um profundo suspiro.

A noite caiu completamente sobre eles, o céu parecia um manto de veludo negro sobre o qual se derramava, como prata líquida, o brilho de uma imensa lua surgindo sobre as dunas. A luminosidade refletida nas areias brancas permitia que eles prosseguissem.

Embora temerosa, Prudence não pôde evitar que seu coração aventureiro se deslumbrasse com aquele espetáculo. Pouco a pouco eles iam avançando em direção à vastidão do deserto e ao silêncio absoluto. Era assustador... e grandioso!

Nassif seguia-os de perto, puxando os dois cavalos de carga e observando atentamente a retaguarda e imediações. Quando teve certeza de que não estavam sendo seguidos, aproximou-se e passou a informação a Tárik. O príncipe recuou o próprio animal para seguir em passo moderado ao lado de Prudence.

— Acho que essa viagem não é exatamente o que esperava, milady. Tenho certeza de que meu irmão quando a convidou imaginou recebê-la com pompa em nosso palácio. Infelizmente, a preocupação com sua segurança deve sobrepujar a preocupação com seu conforto.

— Não se preocupe com meu conforto nesse momento, Alteza. Devo-lhe ser grata por já se preocupar com minha segurança. Imagino que essa incumbência não faça parte de suas obrigações reais, e aceitá-la deve ter sido um... aborrecimento!

Tárik cravou seus olhos nela, pensou em replicar com um comentário mordaz, mas, ao lembrar-se de que havia dado sua palavra de honra e de que seu reino precisava do apoio inglês, refreou sua língua. Ele teria que ser gentil e protegê-la pelos próximos três dias, ainda que tivesse vontade de... de... Controle-se, pensou, são apenas três dias.

— Tem razão, Milady. Realmente não faz parte de minhas atribuições, mas eu não chegaria a chamar de aborrecimento. Tampouco poderia deixar de atender ao pedido de meu irmão ou de retribuir a gentileza com a qual sua família sempre o tratou.

— Procurarei não dar trabalho além do necessário, Alteza — disse ela. — Quanto tempo até chegarmos ao palácio *Madinat al-Zahr?*

— Pela rota normal através das dunas levaríamos dois ou três dias. *Al-Andalus* não fica distante de Damasco, mas por uma questão de segurança estamos dando uma pequena volta. Em vez de seguirmos direto, vamos pernoitar logo à frente e seguir amanhã uma rota secundária e pouco utilizada. Acho mais conveniente evitarmos o caminho conhecido, que, na verdade, será por onde a comitiva de seu irmão seguirá.

— Nesse caso eles chegarão antes de nós ao palácio?! — exclamou Prudence, assustada. — Não darão por minha falta?

— Não se preocupe, a caravana segue mais lentamente. Eles levarão pelo menos um dia a mais do que nós levaríamos, justamente o tempo que teremos para seguir pela rota alternativa. A menos...

— Sim, Alteza? A menos...

— Que a senhorita não consiga cavalgar e tenhamos que improvisar uma liteira, ou fique indisposta e precise descansar com frequência...

Ainda que não conseguisse observar suas feições com clareza, Prudence sentiu o sarcasmo na voz de Tárik. Espicaçada em seu orgulho, aprumou-se na sela, levantou a cabeça com altivez e firmou os calcanhares fazendo a égua prosseguir num galope rápido.

Abismado, Tárik viu a jovem disparar à sua frente, os cabelos, libertos dos grampos e do capuz, esvoaçando. Ela montava com elegância e segurança, mas de forma absolutamente inconsequente! O deserto era traiçoeiro, e ela se aventurava sem qualquer cuidado ou senso de direção. Praguejando, incitou Kamal e o garanhão imediatamente disparou. Em segundos, estavam emparelhados, ele sinalizando para que Prudence refreasse o animal.

De longe, Nassif observava o casal cavalgando sob a luz da lua de forma destemida. Um pequeno sorriso elevou o canto de sua boca e, por breves segundos, alterou sua fisionomia sempre impassível. A inglesa era uma bela mulher e um grande desafio, e paxá Tárik não resistia a nenhuma dessas hipóteses. Seu instinto lhe dizia que dessa vez o príncipe havia encontrado alguém à altura, e seu sorriso se alargou.

Com ousadia, Tárik se lançou à frente e segurou o bridão da égua montada por Prudence, refreando o galope do animal e fazendo-o seguir ao trote. Percebendo que fora uma tola por sair em disparada noite adentro em terreno desconhecido, ela não o impediu.

Já era possível avistar à frente um amontoado de rochas e, em poucos minutos, o vulto do que pareciam ser tamareiras surgiu. Tárik os encaminhou para lá, desmontou e prendeu as rédeas de Kamal e da égua no tronco de uma delas. Sem uma única palavra ele ofereceu a mão a Prudence para ajudá-la a desmontar, o cenho franzido, demonstrando sua extrema irritação.

— Desculpe-me — disse ela —, eu não tive a intenção de ser imprudente, quis apenas demonstrar que sei cavalgar, que não vou ser um entrave e nem...

— Cale-se! — a ordem, dada em voz baixa, tinha um tom rascante, o rosto moreno a centímetros do seu, os olhos como um mar negro em fúria. — Tem ideia do risco que correu, mulher tola? Estamos no limiar do deserto, as dunas à frente mudam com o vento e a paisagem se transforma em segundos. Um *ghuray* experiente perde o senso de direção mesmo durante o dia, à noite as chances disso acontecer são ainda maiores. Imagine, então, o que aconteceria com você?! E se eu a perdesse de vista nessa escuridão, como encontraria o caminho de volta? E como eu a encontraria sem saber que direção tomar? Seu corpo seria encontrado primeiro pelos abutres, e eu teria que segui-los para chegar ao que restasse dele.

Chocada, Prudence recuou.

As palavras duras lhe deram finalmente a noção exata dos riscos daquela empreitada, de sua fragilidade e de como sua vida dependia dele.

Fosse pelo cansaço ou pelo medo, lágrimas lhe encheram os olhos ainda que ela se esforçasse para contê-las. Seu corpo estremeceu e ela mordeu o lábio para evitar que se derramassem. Ele tinha razão, ela fora imprudente. Tentou falar, desculpar-se, mas a voz ficou presa na garganta e ela só conseguiu emitir um murmúrio desconexo.

Tárik sabia que havia sido muito duro, mas não havia mentido, tampouco exagerado. O deserto era traiçoeiro mesmo para os que o conheciam muito bem, para os novatos era mortal.

— Tudo bem, nada aconteceu — disse ele, baixinho, tentando amenizar o choque que causara. — Vamos nos preparar para descansar, o dia será longo amanhã. Beba um pouco — completou, estendendo para ela seu próprio odre num gesto de conciliação —, e depois... prenda os cabelos.

Prudence bebeu um longo gole. A água mantivera-se inacreditavelmente fresca e ajudou a destravar o nó que havia se formado em sua garganta.

— Fui mesmo uma tola, não tornará a acontecer. E não se preocupe, eu cavalgo muito bem e não preciso de longos períodos de descanso. Não serei eu a atrasar nosso ritmo, Alteza — disse, enquanto rapidamente enrolava as madeixas nas mãos prendendo-as num coque apertado, cobrindo-os a seguir com o véu, ainda que não entendesse a preocupação do príncipe com seus cabelos.

Tárik a observou sem dizer uma palavra, por fim assentiu com a cabeça aceitando suas desculpas e foi ajudar Nassif a montar o acampamento.

A noite estava inacreditavelmente fria, Prudence aconchegou a capa ao corpo e aproximou-se da fogueira, perguntando-se onde teria ido parar o calor do dia.

— À noite, a temperatura cai demais, essa é uma das características do deserto — explicou Tárik, ao perceber o gesto da jovem. — Calor escaldante durante o dia e muito frio à noite.

À volta da fogueira os três se aqueciam enquanto Nassif preparava uma refeição. Uma tenda, feita de uma espécie de tecido de pelo de cabra fora erguida, distante o suficiente para não ser atingida por fagulhas. O *oásis não passava de um amontoado de pedras e de algumas tamareiras minguadas em volta de um poço de águas barrentas. Mas ali estariam seguros.*

— Eu não imaginava... os livros que li não explicaram essa parte — comentou Prudence, sorrindo. — Nunca disseram que a temperatura variava tanto, apenas se referiam à beleza do céu, das noites estreladas, das dunas... nada sobre o frio intenso ou sobre abutres.

— Hum, suponho que também não tenham mencionado cobras, escorpiões, lagartos venenosos...

Prudence se retraiu, ela não era medrosa, mas definitivamente cobras e escorpiões não faziam parte de sua lista de animais amigáveis.

— Arrependida?

A pergunta a tomou de surpresa, contudo ela notou que ele não se referia apenas à sua impetuosidade naquele dia.

— Sobre o que exatamente, Alteza?

— Visitar o Oriente, conhecer seus mistérios — disse Tárik, com uma pontada de sarcasmo na voz. — Bahman comentou comigo sobre sua curiosidade a respeito de nosso povo e nossa cultura. Se já nos via como bárbaros, agora deve estar lamentando a decisão de ter vindo.

Erguendo a cabeça com firmeza ela o encarou. Os olhos, mais do que as chamas da fogueira, refletiram sua indignação.

— Jamais me arrependeria! O Oriente é belo, sua cultura antecede a de meu povo, nunca os vi como bárbaros! Se acredita que incidentes como os que aconteceram em Damasco vão fazer com que eu lamente ter vindo ou atribua ao seu povo a condição de bárbaros, como Vossa Alteza mesmo o denominou, está enganado. O príncipe Bahman foi o homem mais gentil e um dos mais cultos que jamais conheci, e foi através dos olhos dele que eu me encantei com essa terra. Não será um bando de bandidos que me fará mudar de ideia, Alteza. Afinal oportunistas desonestos podem ser encontrados entre qualquer povo, não é mesmo?

Tárik fixou nela os olhos negros e ela sustentou seu olhar sem pestanejar. Por um tempo, que pareceu extremamente longo, se encararam em um desafio mudo, nenhum deles disposto a ceder.

Foi Nassif quem interferiu e rompeu a tensão:

— Coma *Sayida* — disse ele, estendendo à moça uma tigela onde havia um pouco de queijo de cabra, algum tipo de grão temperado com ervas muito aromáticas e uma espécie de pão muito fino como um pedaço de pergaminho. Ainda que tivesse uma aparência feroz, o gigante curdo tinha um brilho caloroso e amigável nos olhos. — Amanhã a caminhada será longa e cansativa, *Sayida* precisa se alimentar para ter forças — complementou, a título de justificativa.

— Obrigada — Prudence agradeceu com um sorriso, aceitando a tigela e a caneca do chá forte e verde que ele havia preparado. Estava faminta, e à semelhança de seus companheiros de viagem, encheu bocados de pão com o grão e o queijo e os levou à boca com os dedos e certa voracidade. A comida tinha um gosto diverso daquele à que estava acostumado, mas era saborosa.

O silêncio perdurou durante toda a refeição, a quietude quebrada apenas pelo leve sussurrar do vento. Prudence fechou os olhos e aspirou profundamente, o ar frio penetrando em seus pulmões e expulsando a tensão de seu corpo.

— Deve descansar agora — a voz grave de Tárik a tirou de seu devaneio. — A lady não terá o conforto a que está acostumada. Os recursos não são muitos, não poderíamos montar uma grande caravana para evitar chamar a atenção sobre nós, mas estará segura. Use a tenda, você ficará protegida do frio da noite.

— Não se preocupe, Alteza. Eu já lhe disse que meu conforto não é a prioridade no momento. Além disso, tenho certeza de que minha estadia no palácio compensará, e muito, qualquer privação que me seja imposta aqui. Tenham uma boa noite — disse Prudence.

A tenda, fechada em três lados, era pequena. Tinha espaço suficiente apenas para Prudence esticar o corpo. O chão estava coberto por um tapete, almofadas faziam o papel de cama e ofereciam um conforto mínimo, mas ali pelo menos ela estava protegida do vento gelado.

— Isso terá que servir — disse para si mesma, olhando ao seu redor. Decidida, descalçou as alpargatas de algodão que Nassif lhe entregara com a *abaya* e entrou. A roupa árabe era confortável para cavalgar, mas certamente não seria para dormir, mas não havia nada que ela pudesse fazer a respeito. Certificando-se de que os homens não a estavam observando, soltou os longos cabelos e começou a escová-los para tirar o excesso de poeira. O gesto a fez lembrar-se dos pedidos insistentes de Tárik para que os mantivessem presos. É claro, mulheres árabes não mostram cabelos em público, lembrou-se enquanto os trançava novamente. Afofando as almofadas, acomodou-se entre elas e enrolou-se no manto de lã.

A despeito do corpo dolorido da longa cavalgada, a adrenalina e o medo a impediam de relaxar, por fim o cansaço venceu a apreensão e ela mergulhou num sono leve e inquieto.

Tárik permaneceu sentado ao lado da fogueira imerso em seus pensamentos. Ele se preparara para acompanhar uma jovem arrogante, como acreditava que fossem todas as inglesas, que iria chorar e se lamuriar diante das condições precárias. Na verdade, ele poderia ter conseguido um pouco mais de conforto para ela sem chamar a atenção indevida, mas não o fizera. E agora ela o surpreendera. Sem reclamações, partilhara a refeição e se acomodara na barraca exígua e desconfortável... pelo canto dos olhos a viu iluminada pelas chamas da fogueira escovando os longos cabelos.

Ao contemplá-la sorrateiramente, nem mesmo notou o olhar irônico com que Nassif o observava.

— Ela é diferente daquelas que conheceu em Londres, não é mesmo paxá Tárik? — perguntou o curdo.

— Não seja tolo, Nassif. Elas são todas iguais — rebateu o príncipe, aborrecido, ao notar que Nassif, como sempre, parecia conhecer seus pensamentos. — Vá descansar — ordenou —, eu farei o primeiro turno de guarda. Tudo o que ele precisava nesse momento era de algo para se ocupar e afastar os pensamentos sobre ela.

Avivou o fogo, alimentando-o com cascas e folhas secas das palmeiras, e recostou-se em um tronco. Beduínos e bandoleiros costumavam atacar à noite, e ainda que soubesse que dificilmente teriam conhecimento de sua permanência naquele lugar, sua obrigação era ficar atento. No entanto, aos poucos, as imagens de Prudence, dançando ou cavalgando ao luar com os longos cabelos soltos, teimavam em invadir seu pensamento. Incapaz de controlá-lo, passou a imaginá-la em seus braços, o corpo sinuoso contorcendo-se sob o seu, seus cabelos escorrendo entre seus dedos, sua boca dominada pela sua...

O grito estrangulado o tirou de seus devaneios.

Tárik levantou-se num salto e, em um segundo, alcançou a tenda. Prudence, como que petrificada, levantou para ele os olhos arregalados de pavor.

— O que foi? — perguntou ele.

Ela tentou dizer algo, mas as palavras não saíram. Foi quando ele escutou, bem baixinho, o silvo inconfundível. A serpente estava enrodilhada aos pés dela, a cabeça erguida pronta para o bote, a língua bifurcada entrando e saindo da boca pestilenta.

— Não se mexa — ele ordenou.

Tirando uma faca recurvada da cintura, Tárik rapidamente a agarrou antes que ela desse o bote e com um golpe certeiro separou a cabeça do corpo. Um gemido surdo e angustiado escapou da garganta de Prudence.

— Calma, você está segura! Ela está morta — disse ele, apontando o corpo da serpente que, mesmo separado da cabeça, ainda se contorcia. O gesto que deveria confortá-la não a acalmou, ao contrário. Foi como se um vulcão de emoções irrompesse em seu peito e todos os represados soluços daquele dia escaparam-lhe sem controle, num choro dolorido e solitário. Sem saber que palavras usar para confortá-la, Tárik abriu os braços e a aninhou quando ela se refugiou neles.

Prudence nunca havia sido abraçada assim, mas descobriu que aquilo era tudo o que ela precisava. Os braços fortes a envolveram e ela deitou a cabeça em seu peito apoiando a mão sobre o coração dele. Ela era alta para uma mulher, ainda assim Tárik a ultrapassava em dois palmos e dentro daquele abraço ela se sentiu pequena e frágil, porém, completamente protegida. Aos poucos, o ressoar das batidas daquele coração foram acalmando-a. Com a ponta do indicador ele ergueu seu queixo, forçando-a a olhar para ele. Mesmo àquela distância o brilho das chamas se refletia em seu olhar, e ele se perdeu na doçura que viu ali.

O mundo ficou em suspenso, o silêncio quebrado apenas pelo ressoar da respiração de ambos, acelerada e forte. Prudence abriu os lábios e sugou o ar sofregamente, era como se tudo ao seu redor se transformasse em vácuo e o universo se limitasse ao corpo que amparava o seu.

Tárik estreitou-a, uma das mãos em sua cintura puxando-a para si, a outra se enroscando em seus cabelos, os rostos se aproximando, ele ia mergulhar naquela boca e se saciar em seu sabor...

— Paxá Tárik — a voz de Nassif o fez voltar à realidade.

Afastando-se rapidamente, Tárik a envolveu na capa de lã e fez menção de deitá-la. Angustiada, Prudence o olhou com desespero.

— Não, por favor, não vá!

— Vou só me livrar... disso — respondeu ele, apontando para a cobra.

— Ouvi um grito — disse o curdo do lado de fora da tenda —, está tudo bem?

— Agora sim, havia uma serpente na tenda, mas consegui matá-la e milady não foi picada — disse Tárik, mostrando os pedaços do animal nas mãos antes de jogá-los longe. Fique de vigia, ainda temos algumas horas antes do alvorecer.

Nassif assentiu com a cabeça e afastou-se.

Tárik respirou fundo, seria uma longa noite. Ele sabia o que seu corpo lhe pedia, lhe exigia na verdade, mas também sabia que não poderia atendê-lo, não ali e não com ela. Resignado voltou para a tenda, disposto a velar o sono da inglesa.

Capítulo 8

O príncipe do deserto

Um brilho dourado anunciou a aurora antes mesmo que o sol despontasse no horizonte. Nassif acabara de servir o desjejum com chá, pão e algumas tâmaras e já desmontava as tendas enquanto Tárik alimentava e selava os animais. Ele estava tratando de Kamal quando Prudence se aproximou dele.

— Não é aconselhável viajarmos com o sol a pino — disse ele, antes que ela fizesse qualquer comentário ou pergunta. — Vamos aproveitar as primeiras horas da manhã para percorrer a maior distância possível. Milady está bem?

— Sim, e gostaria de agradecer por ontem à noite. Eu realmente tenho um problema com cobras e nunca imaginei que existisse uma espécie capaz de sobreviver nesse calor.

— Pelo visto seus livros de fantasia não lhe ensinaram mesmo muita coisa sobre o deserto, não é?

Prudence pensou em retrucar, mas lembrou-se da gentileza dele na noite anterior e calou-se.

— O trecho à frente será o mais difícil da viagem — continuou ele, sem olhá-la à medida que selava Kamal. Vamos atravessar as dunas e entre elas as temperaturas podem chegar a 50 graus no meio do dia. Uma inglesa de pele clara como você não conseguirá cavalgar por muito tempo. Por isso vamos nos apressar, andar com rapidez nessas primeiras horas da manhã e se conseguirmos manter um bom ritmo, chegaremos a um outro poço, mais ao sul, antes do meio-dia.

— Quanto tempo ainda até o palácio?

— A partir do oásis estaremos mais próximos das planícies do vale do Tibre, o calor será mais suportável e conseguiremos cavalgar por mais tempo. Amanhã certamente estaremos em *Al-Andalus* para o jantar de boas-vindas, como prometi.

A jovem levantou a cabeça e, protegendo o rosto do sol com as mãos, observou o céu e aspirou o ar seco com satisfação. E, inesperadamente, um sorriso alegre subiu de seus lábios para seus olhos.

Ali em meio às areias, o rosto e cabelos cobertos pela *shaya*, cavalgando por horas a fio e castigada pelo sol inclemente, ela sorria!

Por alguns segundos ele a contemplou, antes de lhe oferecer ajuda para montar. As feições impassíveis escondiam perfeitamente a dúvida que o acometia: *onde estava a inglesa arrogante que imaginara encontrar? Ah, Prudence, você é um enigma que eu vou me dedicar a desvendar. Amanhã estaremos em Al-Andalus e, no momento em que eu a entregar sã e salva a seu irmão, terei cumprido a promessa que fiz a Bahman e estarei desobrigado desse compromisso de honra. E então seremos apenas nós dois,* pensou Tárik, afastando-se.

Nesse momento percebeu os olhos de Nassif sobre si, bruscamente o príncipe montou Kamal sinalizando que deveriam partir.

A pequena caravana seguiu em silêncio, quanto mais preservassem as energias, melhor estariam. Tárik à frente os conduzia em fila indiana, seguido por Prudence e tendo na retaguarda Nassif que puxava os animais de carga.

Aos poucos a temperatura foi subindo. Por baixo da *abaya* Prudence continuava usando as roupas orientais que comprara no *Souq Al-Hamidiyeh*, mais leves e frescas que um vestido e espartilhos. Ainda assim ela sentia o suor escorrer por entre suas omoplatas. Tomando um gole de água de seu odre, ela admirou as montanhas douradas de areia que se estendiam à sua frente. Era um espetáculo magnífico.

Por mais difícil que estivesse sendo, ela jamais se arrependeria de ter vindo. Por um minuto ela lembrou-se do terror que sentira ao perceber a serpente a seus pés na noite anterior, mas imediatamente a sensação de segurança que Tárik lhe passara substituiu o sentimento negativo.

O incidente deixara como saldo um leve constrangimento. Prudence caíra em si pela manhã, e sentira-se extremamente envergonhada ao perceber que passara a noite apoiada no príncipe. Ela sequer conseguia imaginar a reação de horror que sua mãe teria se viesse a saber daquilo. Por outro lado sentia-se grata por ele ter sido benevolente e entendido seu pavor.

Embora fosse normalmente corajosa e nada dada a melindres, desde menina ela tinha pavor de cobras. Havia uma razão a justificar seu medo insensato. Serpentes não eram animais comuns na Inglaterra, mas em uma ocasião a filha de um arrendatário em Freemont House fora mordida na perna por uma. Sua mãe, a duquesa, dera ordens para que trouxessem a criança para o solar e chamara o médico da família para atendê-la, em vão. A menina morrera depois de muitas horas de sofrimento, o membro atingido inchado e roxo. Prudence tinha apenas sete anos, a mãe a havia proibido de ir à sala dos criados mas, como sempre, ela desobedecera. Por alguns minutos, até que a retirassem dali, ela ficara ao lado da garotinha pouco mais velha do que ela, segurando-lhe a mão para confortá-la.

Aquilo a marcara profundamente e, ao menos a seus olhos, justificava a atitude inapropriada que tivera ao pedir para que Tárik permanecesse a seu lado durante a noite.

Ele fora um cavalheiro, tinha que reconhecer, saíra da tenda antes que ela despertasse totalmente e simplesmente não mencionara o assunto. Mas se algum dia alguém viesse saber daquilo, sua honra estaria irremediavelmente comprometida. Seu medo de cobras não seria suficiente para justificar, perante a sociedade inglesa, o fato de ter passado a noite sozinha com um árabe numa tenda no meio do deserto.

Fora insensata ao permitir que ele a abraçasse daquela forma, nunca estivera tão próxima do corpo de um homem! Mas também nunca se sentira tão confortada! Lembrou-se do cheiro másculo, da força de seus braços, da pele áspera de suas mãos quando lhe tocaram o rosto. Um árabe forte, duro, por vezes até cruel, mas também capaz de tanta gentileza. À sua frente, e no topo de uma duna, o príncipe moreno e altivo, montado em um garanhão negro, as vestes brancas esvoaçando, estacou. Como se ela o houvesse chamado, Tárik virou o animal e seus olhos se encontraram.

Um suspiro lhe escapou do peito e, apesar do calor escaldante, um arrepio lhe percorreu o corpo.

Exausta Prudence aceitou a ajuda de Nassif para desmontar e foi abrigar-se na sombra de uma palmeira. A jornada do dia fora extenuante, ela mantivera a cabeça coberta pelo capuz da *abaya* e o rosto sob proteção da *shayla*, mas o sol escaldante havia ultrapassado o tecido fino do véu. A pele clara estava queimada e vermelha, e ela sentia o rosto muito quente, na verdade todo o seu corpo parecia pegar fogo.

O oásis era maior e mais agradável do que o da noite anterior. Tamareiras, palmeiras e até alguns arbustos circundavam uma pequena lagoa de águas razoavelmente limpas. Tudo o que ela queria era arrastar-se para perto d'água e refrescar o rosto, mas o corpo parecia não querer obedecer-lhe. Talvez se ela fechasse um pouco os olhos e descansasse...

— Beba! Prudence, beba!

A voz parecia vir de longe, muito longe. Ainda assim ela abriu os lábios e sentiu o líquido fresco escorrer por sua garganta ressequida, enquanto alguém lhe segurava a cabeça.

— Foi demais para a lady — ouviu Tárik dizer baixinho. — Está melhor agora?

— Sim — disse ela ainda desorientada e surpresa por ele estar tão próximo. — Acho que por um minuto eu dormi, mas já estou refeita — respondeu Prudence, fazendo menção de levantar-se ao notar que estava deitada à sombra de uma tenda improvisada e que tinha um pano úmido sobre a testa.

— Não se levante, tem que ficar deitada mais um pouco! Não era exatamente um pedido e sim uma ordem, e dada com firmeza.

— Eu lhe garanti que não sou dada a melindres! Não pretendo atrasar nossa jornada, só preciso de alguns minutos e de um pouco mais de água e estarei pronta para partir.

— Lady Prudence, deve descansar um pouco — disse ele, enquanto estendia para ela uma caneca d'água e a apoiava para que pudesse beber.

Prudence levou a caneca avidamente aos lábios.

— Devagar — disse Tárik —, beba devagar.

A água a refez um pouco, surpresa notou que estava sem a capa.

— Eu a tirei, foi preciso — disse o príncipe.

Ela tentou falar, mas hesitou, pois ele fez sinal para que permanecesse em repouso.

— A lady desmaiou — disse ele.

— Não! Eu apenas fiquei cansada e dormi por alguns minutos, estou bem agora e...

— A lady desmaiou, seu corpo não aguentou a temperatura, e antes que se desculpe saiba que não foi sua culpa, foi minha.

Prudence olhou confusa para ele.

— O animal de carga que estava mancando, lembra-se? Foi isso que nos atrasou.

— É verdade — disse ela, agora eu me lembro.

— Poderíamos tê-lo abandonado, seria o mais sensato, mas também seria cruel, ele acabaria sendo devorado semivivo pelos abutres.

Ao ouvir a descrição Prudence estremeceu.

— Pobre animal! Vossa Alteza fez o certo — disse ela, sensibilizada com a atitude de Tárik. — Não importa se nos atrasarmos um pouco, eu jamais ficaria em paz se o animal tivesse sido abandonado. Podemos recuperar o tempo perdido, já disse que estou pronta a partir.

— Não se iluda, eu não o descartei apenas por bondade e sim porque ele é necessário. Ele não estava ferido, uma pedrinha penetrara entre o casco e a ferradura, Nassif a removeu e resolveu o problema. Ainda assim, se mantê-lo nos tivesse realmente colocado em risco, eu o teria abandonado — disse ele, sem se importar com o brilho de horror que assomou aos olhos dela. — O deserto é cruel, e para sobreviver nele por vezes temos que ser ainda mais. Acho que isso também não estava escrito nos livros que você leu, não é mesmo? — perguntou com um sorriso de zombaria.

Prudence ergueu o queixo, porém, mais uma vez achou melhor

não responder à ironia. Ela não conseguia entender como ele conseguia demonstrar benevolência num instante e no seguinte tanta frieza.

— O fato é que para não sacrificar o animal eu a penalizei, ainda que não houvesse atentado para essa possibilidade. Nós nos demoramos e você ficou exposta ao sol mais tempo do que seria aconselhável. Por isso desmaiou quando chegamos aqui.

— Eu desmaiei? Não! Eu apenas dormi um pouco e...

— Desmaiou e está febril. Sinta seu rosto, milady, sua pele está vermelha e quente, não terá condições de prosseguir agora. Vamos aguardar algumas horas.

— Não há necessidade disso, estou bem, sou capaz de...

O olhar que ele lhe lançou a fez calar-se.

— Prosseguiremos pela madrugada. Sairemos bem antes do amanhecer e as estrelas nos orientarão. Eu me comprometi a protegê-la e seria temerário deixá-la montar nessas condições.

— Não, não podemos parar! Temos que chegar lá ao mesmo tempo em que Phillip — protestou Prudence, angustiada.

— E chegaremos, milady, eu dei minha palavra a seu irmão e irei honrá-la, custe o que custar — respondeu o príncipe, mantendo os olhos fixos nos dela.

Prudence sentiu a força de seu olhar, e percebeu que eles lhe diziam muito mais do que os lábios haviam expressado, mas ela não conseguia entender o quê.

— Além disso — disse ele, desviando os olhos —, se milady comparecer ao jantar de boas-vindas no palácio com o rosto queimado e a pele cheia de bolhas, ninguém acreditará que fez a viagem toda protegida na liteira. Acredite em mim — e havia a sombra de um sorriso em seu rosto —, deve descansar.

— Milady!

A voz de Tárik a tirou de seus devaneios. Ela estava sonolenta, perdida em devaneios, mas o calor não lhe permitia dormir realmente. Sentia o corpo quente e suado, a pele vermelha ardia e ela inquieta mexia-se de um lado ao outro. Pensou em não responder ao chamado, mas a figura imponente ao seu lado a desestimulou. Certamente ele já percebera que ela estava acordada.

— Sua pele está queimada e a areia aumenta o desconforto. Se quiser pode refrescar-se um pouco antes que a noite caia completamente e o ar fique muito gelado — sugeriu ele, aproximando-se. — Isso a ajudará a descansar melhor. Vá até o outro lado do lago e terá mais privacidade, mas não se demore. Existem animais no deserto que saem das tocas durante a noite, você não vai achar agradável se topar com um lagarto.

Sua mãe certamente ficaria escandalizada com aquilo, contudo, a ideia de refrescar a pele quente e ainda livrar-se de parte da areia que a recobria era por demais atraente. Sem qualquer sinal de medo, Prudence assentiu e pegou um lenço branco que ele lhe estendia, atenta às explicações de como fazer a higiene sem contaminar a água. Vinda de um país onde esse recurso natural não era escasso, ela nunca lhe dera o devido valor, mas ali ela sabia que a água faria a diferença entre vida e morte.

— Ah, o que eu não daria por um bom banho perfumado — disse ela gracejando, mas Tárik apenas a encarou impassível. — É claro que, por ora, a possibilidade de me refrescar um pouco já será maravilhosa —, continuou ela, corando constrangida. — Devo ir, antes que esfrie demais, como já me alertou Vossa Alteza — e afastou-se rapidamente em direção a um recanto mais afastado escondendo-se atrás de alguns arbustos para ter privacidade.

O oásis era muito maior do que o outro, que não passava de

um poço lamacento. A vegetação era mais bonita e a água era limpa. Quase à margem o príncipe amarrara Kamal, seu garanhão.

— Aqui está você — disse ela, tentando afagar o focinho do animal, mas seu resfolegar a fez afastar-se. Você é tão mal-humorado quanto seu dono, tudo bem, vou deixá-lo em paz. E prometo que assim que chegarmos ao palácio farei o mesmo com ele!

Como se houvesse entendido, o enorme garanhão abaixou a cabeça e tocou seu braço com o focinho, como a pedir um afago.

— Ora, ora, agora mudou de ideia! Não sei o que acontece com vocês dois, são irascíveis e, em seguida, capazes da maior gentileza — disse ela, afagando o cavalo. — Quem consegue entender os homens ou os cavalos árabes? Pensando bem, não consigo entender nem os ingleses — completou, rindo.

Afastando-se mais alguns passos Prudence chegou a um recanto protegido pela vegetação. O local era recuado, lhe daria total privacidade, pensou aliviada. Livrando-se das alpargatas, pisou na areia ainda quente e sentiu os grãos minúsculos escorrerem por entre seus dedos. Ousada, decidiu tirar também a túnica e ficou apenas com o corpete e a estranha calça.

O céu já escurecera, um imenso manto de veludo negro onde haviam sido displicentemente espalhados milhões de pequeninos cristais. Prudence ergueu o rosto para admirar aquela vastidão e aspirou o ar da noite, uma sensação agradável de bem-estar a invadiu.

— Ah meu amigo, você estava certo! Não há nada comparável ao céu do deserto — disse, lembrando-se do que lhe dizia Bahman. — É realmente lindo!

Umedecendo o lenço de algodão que Tárik lhe entregara, ela o esfregou delicadamente no rosto e no pescoço, e depois nos braços. A sensação do vento batendo na pele úmida era deliciosa. Mergulhando novamente o lenço na água dessa vez não o torceu, ao contrário, deixou que a água escorresse pelo pescoço e pelo vale entre seus seios numa sensação de frescor maravilhosa. A umidade fez com que a seda do corpete aderisse à pele e moldasse seu corpo.

Numa atitude de desafio, soltou os cabelos que caíram numa cascata de cachos brilhantes até sua cintura. Involuntariamente recordou a sensação do corpo de Tárik próximo ao seu, de seus braços a rodeando, de sua boca se aproximando... *O que teria acontecido se Nassif não os houvesse interrompido? Ele a teria beijado?*

Respirando profundamente, ela abraçou a si mesma e não conseguiu evitar que um frêmito de excitação a percorresse. O que estava acontecendo com ela, que sensação maravilhosa era aquela? Seria essa a magia do Oriente? Havia uma energia mágica naquele lugar!

— Viva! É assim que eu me sinto — sussurrou para o vento! — Viva e bela nessa noite maravilhosa! Nunca me senti assim, é como se estivesse dentro de um sonho... E nesse sonho só me falta sentir seu beijo, príncipe do deserto — disse Prudence, rodopiando feliz!

Há alguns metros Tárik a observava, soberbo e altivo. Surpresa, ela percebeu que ele havia escutado suas palavras, o brilho que viu em seus olhos...

Tárik andava inquieto de um lado para o outro, o corpo palpitando de desejo. Ele havia prometido ao irmão e a Phillip que protegeria Prudence e sua honra. Jamais tivera a intenção de quebrar sua promessa! Mas a imagem da jovem vinha cada vez mais invadindo sua mente e aguçando seus desejos.

— Malditos cabelos! Malditos olhos dourados! Maldita inglesa — bradou, erguendo o punho.

Uma raiva surda o dominou quando se lembrou de outra inglesa que tão cruelmente o havia humilhado. A lembrança dolorosa, em vez de acalmá-lo, o deixou mais enfurecido. Sua vontade era subjugar as mulheres inglesas, frias e secas.

Mas Nassif estava certo, por mais que tentasse não conseguia encaixar Prudence no conceito e definição que tinha sobre elas! Ela não se assemelhava às que conhecera. Prudence era corajosa, doce, gentil... e deliciosamente mulher! Ela não fugira de seu toque na noite anterior, ao contrário, se aconchegara a ele. Se o curdo não os houvesse interrompido...

Por *Allah*, ele precisava fazer alguma coisa para afastar o fogo voraz que devorava seu corpo quando a sensação de tê-la nos braços lhe voltava à memória. Ele havia feito um juramento... Bahman confiara nele, Phillip também.

— Por minha honra, não vou tocar em um fio sequer daqueles cabelos — disse a si mesmo, decidido a não permitir que as imagens voltassem a estimular seus sentidos.

— Nassif! Deixe tudo pronto, vamos partir bem antes de o nascer do sol — determinou, tentando ocupar a mente com outras questões.

— Como quiser, paxá Tárik — respondeu o curdo, que o vinha observando calado há algum tempo, um brilho irônico no olhar.

— Maldição, por que será que ela demora tanto?

— Paxá Tárik gostaria que eu fosse chamá-la? — perguntou Nassif, mesmo conhecendo a resposta.

— Não, eu mesmo farei isso, a responsabilidade é minha e não consigo imaginar o que essa lady imprudente possa estar fazendo até agora!

A passos largos aproximou-se do local chamando-a para anunciar sua presença. Nada o preparara para o que ouvira e vira...

Prudence o encarou e, surpresa, não fez qualquer movimento para proteger-se. Quase nua, a pouca roupa úmida e colada ao corpo, os seios demarcados sob a fina peça de seda, os cabelos... Ah, os cabelos luxuriantes soltos ao vento, como uma cascata de seda derramando-se pelas costas até os quadris...

Por segundos eles se encararam, Tárik num esforço sobre-humano tentou conter-se, em vão! Lentamente caminhou até ela, sua mente gritando para que não se aproximasse, mas seu corpo...

Seu desejo era devorá-la, mas ela era demasiadamente delicada para que ele avançasse como um lobo faminto. Seus braços a puxaram para si com suavidade e a boca desceu sobre a dela, a língua abrindo espaço, invadindo e explorando, sentindo a doçura. As mãos não resistiram mais e ele deslizou-as por entre a massa de cachos sedosos. Seu corpo explodia de desejo, ele estreitou o abraço e os quadris de Prudence se colaram aos dele. Tárik a segurou com força junto a si, não podia permitir que ela se afastasse, seu corpo não suportaria a ausência do dela.

E Prudence não queria se afastar, enfim ela havia encontrado seu lugar... ali, no meio do deserto, nos braços daquele homem...

Delicadamente ele a deitou na areia, as mãos a percorreram centímetro a centímetro, explorando, sentindo... Ele precisava dela... Pele contra pele...

Ajoelhando-se, ele arrancou a *guthra* e a própria camisa.

Maravilhada com a beleza do corpo masculino ela deslizou a mão sobre a pele morena, tateando os músculos firmes, os dedos brancos se enroscando nos pelos negros e grossos que desciam em direção ao cós da calça! Ousadamente o puxou para si e colou seus lábios na pele quente, tocando-a com a ponta da língua para descobrir o sabor de sal.

Tárik estremeceu de desejo, ela era inocente, mas exalava

uma sensualidade irresistível. E ele a queria completamente nua! Retirando a faca que sempre trazia à cintura, ele deslizou sua ponta delicadamente sobre os seios e até a barriga de Prudence. Fascinada ela ficou imóvel, não sentia medo, ao contrário, aquilo era extremamente erótico. Tárik, com cuidado, introduziu a ponta da faca sob o corpete e vagarosamente cortou a seda delicada de baixo até em cima. Afastando as abas do tecido, foi expondo pouco a pouco o corpo virgem ao luar e aos seus olhos.

Maravilhado, observou os seios perfeitos, as auréolas rosadas, os mamilos intumescidos de desejo. Ela era linda! Embora o ato de despi-la pudesse ter sido brutal, Tárik contemplava-a com reverência, sem tocá-la.

— Por *Allah*, as mulheres foram feitas para o prazer e para a alegria, mas você, *habib*,[1] parece ter sido feita especialmente para o amor!

Seus olhos a descobriam, a boca a possuía, a língua deslizando sobre cada centímetro de pele, a barba escura arranhando delicadamente a carne branca e macia, a voz rouca murmurando palavras doces. Suas mãos passeavam descobrindo cada caminho daquele corpo, tocando os pontos certos.

— Sua pele é branca como as pétalas do lírio, sua boca é doce, seus olhos são únicos! Felinos! Mudam de cor, passam do mel ao chocolate e, às vezes, brilham como se fossem de ouro! Quero descobrir de que cor ficarão no momento de seu prazer! Vou fazê-la se transformar em música sob meus dedos, *habib*...

Prudence se contorcia sob ele, pequenos gemidos escapando de sua garganta, os olhos desfocados... ela era tão doce quanto ele havia imaginado! Ele a beijou num ponto na garganta, sugando a pele levemente, enquanto beliscava um dos mamilos. Ela arquejou...

1 - Amado, querido.

Excitado, ele tomou o pequeno botão na boca, e com a língua iniciou um balé erótico, sugando e acariciando... Com delicadeza, deslizou a mão até seus quadris e afastou suas pernas o suficiente para tocar sua feminilidade e introduzir um dedo em seu corpo... ela estava úmida, maravilhosamente úmida!

— Ah, *habib*, não me enganei — murmurou ele —, você foi feita para o prazer e para o amor — disse, enquanto a acariciava da forma mais íntima que um homem poderia tocar numa mulher.

Ofegando, os olhos arregalados e presos aos dele, Prudence sentia o corpo vibrar de uma forma que jamais imaginara ser possível. A sensação era de estar à beira do abismo, o medo e o desejo de pular a assaltando ao mesmo tempo.

— Tárik...

— Sinta, habib, apenas deixe as sensações fluírem e sinta... deixe que o prazer tome seu corpo...

Ele continuou a tocá-la, e a lhe dizer palavras eróticas e sensuais.

Prudence aspirou o ar com força, seu corpo estremeceu e seus quadris se arquearam e se forçaram contra a mão dele em busca de mais... a sensação que se seguiu foi maravilhosa, como se um sol explodisse em seu âmago e seu corpo se derretesse, um gemido profundo escapou de sua garganta...

— Como você é linda, maravilhosamente mulher, possuí-la será um prazer absoluto...

Como um raio a realidade o atingiu, a ignomínia do seu comportamento avultou! Ele a estava desonrando... Ela não era uma mulher a quem pudesse desvirginar sem que houvesse consequências ... O que tinha feito? Traído a confiança do irmão e de Phillip?

Respirando como se aquele fosse seu último suspiro, num esforço extremo se afastou e deu-lhe as costas, se continuasse ali por mais um segundo seria impossível controlar o próprio desejo...

— Cubra-se — disse ele, estendendo para ela a própria camisa —, e prenda os cabelos.

Humilhada pela repentina rejeição, Prudence sentiu as lágrimas lhe subirem aos olhos e dessa vez permitiu que elas escorressem quentes sobre a face rubra de vergonha.

— O que eu fiz? — ela perguntou num fio de voz.

— Nada! Milady não fez nada! Quanto a mim... agi como um bárbaro! Finalmente correspondi às expectativas dos ingleses ao meu respeito — disse ele, com amargura. — Comportei-me como um animal!

Sem mais nenhuma palavra, ele a deixou completamente aturdida e só.

Capítulo 9

A tempestade

Eles estavam a caminho há mais de duas horas e a paisagem começara a mudar. Sob a pálida luz era possível perceber que as dunas eram menores e divisar a silhueta de algumas montanhas ao longe.

Desde que a deixara seminua à beira do lago, Tárik não lhe dirigira mais a palavra. Fora Nassif quem a chamara quando o momento de levantar acampamento chegara. Confusa e envergonhada, Prudence não conseguira dormir, porém, por mais que se esforçasse não entendia o comportamento do príncipe. Será que a desprezava por ter sido tão inconsequente? Ele claramente a rejeitara!

Fui muito tola, pensou consigo mesma, *mais do que inconsequente, agi como uma... nem conheço a palavra correta para definir meu comportamento. Eu permiti que ele se aproximasse, pior, eu desejei isso. Como vou encarar Bahman? Ou Phillip? Será que se ele tivesse... tivesse... ido até o fim minha vergonha seria menor?*

Ingenuamente ela se deixara levar pela fantasia e imaginara viver um romance intenso, maior do que aqueles que vivenciara através de seus livros. Mas ela não estava num livro, aquela era a vida real e seu gesto teria consequências. Ainda assim, ela não o impedira, então por que ele se afastara? O que quisera dizer com '*agi como um bárbaro*'?

O pior, realmente o pior... ou talvez o melhor... é que não conseguia sentir arrependimento! Sentia-se magoada, humilhada, mas arrependida... não! Fora um momento glorioso, o melhor de sua vida!

Os pensamentos se atropelavam a ponto de sequer notar a dificuldade da jornada. A lua já desaparecera e os primeiros raios de sol despontavam no horizonte. O frio ainda era intenso quando Tárik sinalizou que fariam uma parada para descansar. Olhando-o esperançosa, Prudence aguardou que ele viesse ajudá-la a desmontar, mas foi Nassif quem se aproximou.

— *Sayida*, espere um pouco aqui — disse o curdo, estendendo um pequeno tapete diretamente sobre a areia —, vou fazer uma fogueira e esquentar água para um chá, isso vai ajudá-la a se aquecer. Hoje será nosso último dia no deserto —, disse ele, tentando ser amigável ao perceber o ar de desolação de Prudence — em breve *Sayida* estará desfrutando do conforto de *Madinat al-Zahr*.

— Estamos perto, então, Nassif?

— Sim, chegaremos ao palácio antes da *Salát Al-Açr*, a terceira oração da tarde — disse ele, com respeito. — O pior já passou, ao meio da manhã nos afastaremos das dunas, a jornada ficará mais fácil.

— Eu não a achei difícil — disse ela, surpreendendo o curdo. — Cansativa talvez, mas não difícil. O deserto é lindo, e esse céu... — erguendo os olhos Prudence observou o firmamento multicolorido, com nuances de laranja, rosa rompendo o azul-escuro e apagando, ponto a ponto, as estrelas que ainda teimavam em brilhar. — É simplesmente maravilhoso! — exclamou.

Nassif disfarçou um sorriso e foi cuidar de seus afazeres, não sem antes fixar o olhar em paxá Tárik que, a distância de poucos metros, alimentava Kamal. O príncipe tinha ouvido o comentário, ele sabia, mas não daria o braço a torcer. Ah, mas que essa infiel era muito diferente de todas as outras, era sim!

O cansaço a estava vencendo por fim.

Haviam retomado a marcha depois da breve parada e agora o sol estava alto e forte. Era possível ver, além das dunas, montanhas de arenito não muito distantes. Estavam se aproximando de *Al-Andalus*, enfim.

A distância proposital de Tárik, que cavalgava isolado, a estava deixando cada vez mais ansiosa. O que fora um sentimento de vergonha estava se transformando em ressentimento. *Por que ele a estava tratando assim? Afinal, ele também tivera um comportamento inapropriado*, argumentava consigo mesma.

Estava tão entretida em seus pensamentos que quase não notou que, à sua frente, ele havia estacado, atento, a cabeça levantada observando o horizonte.

O relinchar e a agitação de Kamal, escavando o chão com fúria, foi o que chamou a sua atenção. Todos os animais repentinamente ficaram inquietos, como se fossem os primeiros a perceber a mudança no ambiente. O vento, antes uma aragem suave, agora parecia carregado de eletricidade. Alguns abutres passaram voando em direção contrária à que eles caminhavam.

Passando por Prudence sem sequer olhá-la, Tárik se dirigiu a Nassif.

— Tempestade de areia — disse ele, sem maiores explicações.

Imediatamente o curdo desmontou para verificar se a carga estava bem amarrada e proteger os olhos dos animais.

— O que houve? — perguntou Prudence assustada e receando que ele não lhe respondesse.

Pela expressão dos dois homens a situação parecia bastante séria, contudo, para seu alívio, Tárik não se esquivou a lhe dar explicações.

— Os animais estão assustados e o vento mudou de direção. É possível que uma tempestade de areia esteja se aproximando, temos que procurar proteção.

Enquanto falava, Tárik amarrou um pano sobre os olhos de Kamal, depois vendou também a égua que Prudence montava e com uma corda a prendeu à própria sela, mantendo apenas dois metros de distância entre um e outro animal.

— Por que isso? — perguntou ela.

— Se os animais virem a tempestade se aproximando ficarão desesperados, o vento e a areia entram em seus olhos e eles enlouquecem de pavor. Só o barulho já os deixa desorientados — disse ele. — Eu os vendei para protegê-los, e os prendi um ao outro para evitar que a tempestade nos separe, caso venha a nos alcançar. Rápido, temos que chegar até aquelas montanhas, disse apontando para o leste —, existem cavernas nas encostas onde poderemos nos abrigar.

Voltando sobre os próprios passos eles conduziam os cavalos vendados a galope. Prudence, surpresa, vasculhava o céu buscando algum sinal da tempestade, mas o firmamento continuava esplêndido! Completamente azul e sem nuvens! Ela estava a ponto de questionar a decisão de Tárik quando um som semelhante ao tropel de uma manada em disparada começou a se fazer ouvir num crescente assustador.

Curiosa, mas sem diminuir o ritmo, Prudence virou-se na sela e o que viu a deixou em choque. Atrás deles uma parede de areia surgia no horizonte e, como se fosse um redemoinho gigante, parecia disposta a engolir o que lhe surgisse pela frente.

— Corra! — o grito de Tárik avançando sobre ela e agarrando as rédeas da égua a tirou daquele torpor, em um galope furioso eles se dirigiram às encostas. Esporeando Kamal, o príncipe o forçava a seu limite, a pobre égua no esforço de acompanhá-lo espumava pela boca, o coração num ritmo insustentável.

Prudence agarrava-se ao animal e olhava para Tárik em desespero. Sua vontade era crivá-lo de perguntas. *E se você estiver enganado... E se não for uma caverna... E se não conseguirmos chegar...* Sacudindo a cabeça empurrou as dúvidas para o fundo da mente e engoliu as perguntas, não era hora para questioná-lo. Só lhe restava confiar que ele soubesse o que estava fazendo, e que o tempo fosse suficiente.

O relincho apavorado de um dos animais de carga mostrou que Nassif estava tendo problemas, pelo canto dos olhos o viu tentando controlar o cavalo que, alucinado, tentava mudar o ângulo de sua cavalgada.

Sua égua revirava os olhos em desespero, o pelo empastado e coberto de suor. O coração do animal não suportaria tanto esforço, a qualquer minuto tropeçaria e a arrastaria.

Desesperada, Prudence percebeu que não conseguiria alcançar a caverna, a égua não aguentaria prosseguir naquela velocidade, cairia e a arrastaria levando-a a uma morte horrenda! Decidira pular do animal quando Tárik emparelhou com ela, agarrou-a e a colocou à sua frente, montada em Kamal. Com um golpe de faca, cortou a corda que prendia o garanhão à égua e a soltou. Livre do peso o animal continuou no mesmo ritmo e direção como se impulsionada por uma mola.

Ela sequer teve tempo de sentir alívio, o garanhão era um animal forte, mas o esforço também estava sendo demasiado para ele. Foi quando Tárik apontou uma abertura na parede de arenito à frente. Uma caverna... eles tinham uma chance.

A nuvem de areia estava há menos de dez metros, avançando muito mais rapidamente do que eles. Em meio ao barulho ensurdecedor Tárik forçou o cavalo em direção à abertura. A tempestade os alcançou num torvelinho enlouquecido, no momento em que chegavam à entrada, seguidos por Nassif.

Segurando as rédeas com força para contê-lo, o príncipe tirou a venda de Kamal antes mesmo de desmontar. Dando-lhe tapinhas carinhosos no pescoço tentava acalmá-lo, falando em seu ouvido. O animal resfolegava, mas as palavras de Tárik pouco a pouco surtiram efeito. Com cuidado, segurou Prudence e a ajudou a descer, em seguida ele próprio desmontou.

— Você está bem? — perguntou ele, envolvendo-a inesperadamente em um abraço protetor.

Sem conseguir articular uma frase coerente ela simplesmente fez sinal afirmativo com cabeça.

— Eu precisei acalmar Kamal antes mesmo de ajudá-la — justificou-se Tárik, falando baixinho como se estivesse se dirigindo a uma criança. — Se ele enlouquecesse ou ficasse se debatendo poderíamos perdê-lo, e como já perdemos sua égua...

Ele não precisou continuar, ela entendeu. A pobre égua quase conseguira, mas o esforço fora demais e ela caíra moribunda na entrada da caverna. Era possível ver seu corpo inerte alguns metros à frente, quase vedando a abertura. Se os animais morressem, eles estariam em sérias dificuldades já que não teriam como chegar a *Al-Andalus*.

— Paxá Tárik, perdemos um dos cavalos de carga — disse Nassif, com ar preocupado. Ele conseguiu se soltar e correu em direção oposta a nós, a maior parte do que havia restado de comida e água se perdeu com ele.

Sinalizando com a cabeça Tárik não comentou. O que fora perdido não poderia ser encontrado, não agora, e havia outras providências a serem tomadas. Além disso, não queria discutir o assunto na frente de Prudence. Uma mulher desesperada não ajudaria em nada a situação.

— Temos que verificar esse lugar — disse ele —, checar se é seguro.

A caverna escavada pela natureza era grande. A abertura por onde haviam passado com tranquilidade cavalo e cavaleiro, se tornava pequena diante do imenso salão de teto abobadado e chão forrado de areia fina. Para sua sorte, o espaço não era regular, fazia uma espécie de curva ao fundo, criando um nicho que os protegeria da força do vento e da areia.

— Vamos para o fundo — disse Nassif —, lá estaremos protegidos.

A tempestade continuava terrível e, embora ainda não fosse o meio do dia, a nuvem de areia havia obscurecido a luz do sol. Vento e areia em redemoinhos enlouquecidos pareciam ter forças para carregar ou derrubar o que surgisse à frente. Por sorte o corpo da égua, pouco à frente da entrada da caverna impedia que essa fosse totalmente obstruída pela areia que o vento trazia. Pelo menos não correriam o risco de ficar soterrados.

— O que faremos? Quanto tempo a tempestade dura? — questionou Prudence, aflita.

— Não há como saber, infelizmente pode durar horas, até dias, ou acabar em minutos. O problema não é só sua duração, é também a nuvem de areia que passa cobrindo tudo o que encontra pela frente. Dependendo de sua intensidade ela chega a mudar a paisagem ou até a esconder a luz do sol. E só conseguiremos continuar quando eu puder me orientar pelo sol ou pelas estrelas — respondeu Tárik.

— Vamos ficar aqui até ela passar?

— Não há alternativa — respondeu ele.

— Bom, terei que me conformar com o fato de que perderei o jantar de boas-vindas ao palácio — disse ela, com um sorriso que dessa vez não lhe chegava aos olhos.

Tárik entendeu o significado, eles não chegariam a tempo e lady Prudence Sinclair veria sua reputação manchada. Não haveria como evitar que descobrissem que eles haviam ficado juntos e sozinhos por dias em pleno deserto. O que ela não sabia, pensou ele, é que havia um risco real de que ela perdesse mais do que a reputação, perdesse a vida.

A força do vento havia diminuído, mas a luz definitivamente se fora, o sol poente estava coberto pela nuvem de areia e a fraca luminosidade que conseguia romper a densa camada não chegava a iluminar a caverna. Se não fosse a pequena fogueira que Nassif acendera eles estariam completamente no escuro. Ainda assim, não poderiam mantê-la acesa por muito tempo ou acabariam sufocados pela fumaça.

A tempestade durara horas, e agora só lhes restava esperar a grossa nuvem de poeira baixar. Nassif fizera um inventário do que havia de alimento e água, infelizmente muito pouco. A ração que restava também não seria suficiente para todos os animais.

Cansada, Prudence havia deitado sobre um tapete estendido pelo curdo. Passado o furor do temporal o silêncio reinava, nenhum deles tinha ânimo para conversas triviais, muito menos para discutir a situação em que se encontravam.

Tárik atravessava o espaço a passos largos, punhos cerrados, rosto contraído, inesperadamente deixou a caverna, adentrando a nuvem de poeira.

Quando Prudence fez menção de segui-lo, Nassif a conteve.

— Deixe-o, *Sayida!*

— Mas a tempestade...

— O pior já passou. O vento já se acalmou. Paxá Tárik não corre mais riscos. Ele precisa ficar só, está se sentindo culpado.

— Por que se sentiria assim? — perguntou Prudence — a tempestade não foi culpa dele!

Nassif sorriu, a inglesa não havia reclamado uma única vez, e agora ainda defendia paxá Tárik. Ele ficou feliz por ter estado certo sobre ela, *Sayida não era como as outras mulheres inglesas que conhecia.*

— A tempestade não foi culpa dele, *Sayida*, mas ele falhou com Sua Alteza, o Príncipe Bahman. Ele prometeu levar milady em segurança até o palácio e... Paxá Tárik não se perdoará por ter falhado!

— Bahman é um bom homem, tenho certeza de que ele entenderá. Assim como espero que meu irmão entenda que o que aconteceu não foi por nossa culpa, foi algo inevitável!

Nassif baixou a cabeça concordando, mas algo em seus olhos fez Prudence entender que havia muito mais em jogo. Sentando-se ao lado do curdo, ela pediu.

— Conte-me o que realmente há por trás disso, Nassif? Eu sinto que existem muitas coisas que desconheço. O comportamento de Tárik... digo, de Sua Alteza é... incompreensível! Tão diferente do de Bahman, nem parece que foram criados pela mesma mãe — disse ela, fazendo um gracejo.

— E não foram mesmo, *Sayida*.

Surpresa, Prudence pediu baixinho:

— Por favor, me conte. Tudo! Eu não revelarei a ninguém o que me contar, mas preciso saber! Eu... talvez esteja... quer dizer, tenho sentimentos... eu não faria nada para magoá-lo, acredite.

Nassif cravou nela os olhos escuros e o que viu o acalmou. Ele não devia falar sobre seus senhores, mas em seu coração havia mais do que dever, havia um sentimento paternal por aqueles a quem havia protegido durante toda a vida. Nassif jamais tivera filhos, os príncipes haviam sido o que mais se assemelhava a uma família.

— A mãe de paxá Tárik era uma nobre inglesa, assim como milady.

Surpresa, Prudence não disse nada, apenas esperou que Nassif, em seu inglês rudimentar, lhe explicasse tudo.

— Ela foi a segunda esposa do califa. Sua Alteza, o príncipe Bahman, e paxá Tárik são meios-irmãos, mas cresceram juntos e unidos. O califa a conheceu numa viagem à Inglaterra e a trouxe com ele. Ela era uma mulher muito bonita e o califa gostava muito dela, mas...

— O que aconteceu?

— Os costumes árabes são muito diferentes dos costumes ingleses, *Sayida*, ela não gostava de ser uma segunda esposa. Dizem... dizem que não foi feliz. Antes de morrer ela pediu que o califa mandasse paxá Tárik para Londres para conhecer a família inglesa a que também pertencia.

— E ele foi?

— Sim, *Sayida*. Deve se lembrar... no casamento de sua irmã ele estava lá.

Como Prudence poderia se esquecer? Sonhara com aquele jovem arrogante por várias vezes depois daquela noite...

— E como foi a visita dele à Inglaterra? — insistiu Prudence, quando Nassif se calou.

— Também não foi feliz, *Sayida*... Teve problemas... Paxá Tárik foi um jovem impetuoso, às vezes seu comportamento... bem, ele não é inglês, mas também não é totalmente árabe... Ele sofreu muito, *Sayida*, e ainda sofre, porque não encontra o seu lugar...

Nassif se interrompeu como se percebesse que suas palavras revelariam demais.

— Não importa — prosseguiu —, o que importa é que houve um escândalo, o príncipe Bahman o protegeu e o trouxe de volta para casa, e ele jurou nunca mais decepcionar o irmão. E agora se comprometeu a levar milady até *Al-Andalus* em segredo e segurança, mas a tempestade pode tê-lo impedido de honrar o compromisso. Para ele isso é uma falha inadmissível!

Curiosa, Prudence gostaria de conhecer melhor aquela história, mas sentiu que Nassif não lhe diria mais nada. Levantando os olhos viu que Tárik havia voltado...

— Não temos como prosseguir agora — disse ele, assim que chegou ao lado deles —, vamos passar essa noite aqui. Quando o sol se levantar amanhã a poeira já deve ter diminuído, e talvez tenhamos uma chance. Nassif, o corpo da égua protegeu a entrada da caverna do vento e da areia, mas outros perigos poderão surgir.

O curdo entendeu e foi se acomodar à entrada, montando guarda.

— Vá mais para o fundo, ali — disse ele, apontando um ponto onde uma reentrância na pedra garantiria a Prudence um pouco de privacidade. — Tente dormir —, disse ele, sem sequer olhar para ela. — Nossa reserva de água é mínima, quanto menos falarmos... É necessário preservar forças, milady — arrematou, afastando-se.

— Alteza — chamou ela, sem levantar a cabeça —, vamos morrer, não é mesmo?

Por um segundo Tárik titubeou, a verdade seria demasiadamente cruel.

— Milady não pense nisso agora. Tente dormir, preservar suas forças.

— Então, por favor, não me deixe sozinha.

Em dois passos ele estava ao lado dela, e quando seus braços se abriram ela se refugiou neles, como se fossem capazes de, num passe de mágica, a transportar para um local seguro.

Dessa vez foi ela que o beijou, os dedos se enroscaram em seus cabelos e timidamente colou sua boca à dele. Havia um sabor de desespero em seu gesto, com cuidado Tárik se afastou.

— Prudence...

— Eu não quero morrer sem saber...

— Shhhh! — com delicadeza ele a fez deitar-se e a embalou nos braços, acariciando seus cabelos. Sua vontade era satisfazê-la, mais do que isso, satisfazer o próprio desejo. Mas ela merecia mais do que conhecer o amor ali, no meio de uma caverna escura e suja...

— Você vai saber, *habib*, eu lhe prometo. Mas não hoje, não aqui e não assim.

— Mas e se não houver depois? — perguntou ela, a angústia inundando sua voz. — Você não me quer? É porque sou uma inglesa? Você me odeia por isso?

Ele a calou com um beijo, as mãos a trazendo para perto, os braços a mantendo segura. Dividido entre a honra e o próprio desejo...

Lentamente ele deixou que as mãos passeassem pelo corpo de Prudence, deixando-a sentir seu calor, acalmando-a.

— Eu não a odeio mesmo você sendo inglesa, na verdade eu a desejo! Muito! Mas o direito de torná-la mulher não me pertence, não quando jurei a seu irmão protegê-la e levá-la intocada até ele. Eu juro, vou tirá-la daqui, não se desespere. Você viverá para conhecer o amor...

Ele a apertou junto ao peito, colando seu corpo ao dela.

Soluçando, Prudence se deixou abraçar, aos poucos o cansaço a venceu e ela caiu num sono leve e intermitente, a realidade se misturando aos sonhos fragmentados e incoerentes.

— Vamos partir!

O toque em seu ombro a despertou e ela abriu os olhos assustada, a respiração ainda acelerada pelo pesadelo que assombrara seu sono.

—A poeira se dissipou? — perguntou ela, levantando-se. As regras de boa educação esquecidas no fundo da mente diante da realidade bruta.

— Não completamente — disse Tárik, os olhos avermelhados evidenciando a noite passada em claro. — Mas vamos prosseguir. Quanto mais demorarmos menores serão as nossas chances. Não podemos ficar aqui sem água e comida, os cavalos também ficarão mais fracos a cada dia por falta de alimento. Temos que arriscar, acho que a luz e a posição do sol serão suficientes para acharmos a direção correta.

— Tárik.... quer dizer, Alteza...

— Prudence não acha que já passamos há muito da fase das convenções sociais e tratamentos formais? Talvez não consigamos sair vivos dessa situação, o que menos me importa agora é ser tratado por um título...

— Sim... acho que já ultrapassamos essa fase... Mas você ainda é um príncipe! Não importa... o que eu gostaria de lhe dizer é que... tudo o que aconteceu...

Tárik cravou nela seus olhos negros. Levantando a cabeça ela o encarou também e a voz saiu firme, certa das palavras que diria.

— Nunca me senti tão segura quanto sob seus cuidados, aconteça o que acontecer você cumpriu sua palavra e me protegeu. Infortúnios do destino não podem ser evitados. Quanto ao que aconteceu no oásis... eu permiti, mais do que isso, eu desejei que acontecesse. Se conseguirmos chegar até *Al-Andalus*, eu agradecerei a Bahman por tê-lo encarregado dessa missão. Obrigada, Alteza!

Por um segundo Prudence aguardou a reação dele com a respiração suspensa, o coração disparando quando ele se aproximou, o rosto másculo a centímetros do seu. Assim de perto ela pôde ver as linhas de preocupação que sulcavam sua face, com carinho tocou a barba incipiente, escura e áspera, com a ponta dos dedos delicados.

Tárik segurou seus dedos e a impediu de continuar, mas o gesto não foi rude, apenas inesperado. Ele rejeitaria até um leve toque?, perguntou-se angustiada.

— Por *Allah*, vou cumprir minha promessa. Vou levá-la em segurança e intocada até *Madinat al-Zahr*. Mas depois *habib*... depois que a tiver entregado a seu irmão...

Seus lábios não concluíram o pensamento, mas seus olhos ardentes lhe disseram o que ela queria ouvir.

Tárik pegou as rédeas que Nassif lhe oferecia e montou Kamal, estendendo a mão para Prudence, sem mais uma única palavra. Respirando fundo ela aceitou e subiu na garupa do cavalo. Abraçando seu príncipe, se deixou levar...

Eles seguiram a passo lento, buscando orientação entre a nuvem de poeira que ainda dominava a paisagem, respirando com dificuldade. Seguiram sob o sol, suportando fome e sede torturantes. Depois de algumas horas o cavalo de carga caiu exausto e não se levantou, Prudence não pôde deixar de pensar que aquele também seria seu destino.

A sede a fazia ter miragens...

Exausta, apoiou o corpo nas costas de Tárik, o sol castigando seu rosto já machucado. A língua tão grossa e tão seca que ela não conseguia mais falar...

Ergueu os olhos vermelhos e irritados e viu uma cidade... um palácio se erguia majestoso .... miragens... certamente miragens!

Ela sabia que morreria ali no deserto...

Não parecia ser tão difícil morrer, pelo menos faria isso nos braços de Tárik... seu príncipe... seu sonho encantado... um amor apaixonado, como o de Sherazade! Esse último pensamento a fez sorrir...

Capítulo 10

Madinat al-Zahr

— Prudence! Prudence!

A voz era conhecida... quem estaria ali no céu à sua espera? — perguntou-se, certa de que morrera.

— Emily? — a voz passou com dificuldade pela garganta inchada. — Você também morreu?

— Graças a Deus! Quer dizer, graças a Deus que você acordou! Não minha querida, eu não morri e nem você. Está tudo bem! Tudo bem...

— Minha irmã, você está viva, isso é tudo o que importa! — a voz de Phillip parecia vir de longe, muito longe. Com esforço, Prudence olhou em volta e percebeu que estava em um pátio coberto, deitada numa espécie de padiola, com várias pessoas ao seu redor.

— Levem-na para os aposentos reservados, agora! A voz autoritária de Bahman superou às demais. Minha amiga, você ficará bem, eu lhe prometo — disse ele, aproximando-se de Prudence.

Através de uma névoa Prudence identificou o amigo Bahman, que parecia mais velho e na testa rugas profundas de preocupação.

— Bahman... onde estou? — perguntou confusa, voltando-se para a amiga que lhe segurava a mão.

— No palácio, em Madinat al-Zahr, o príncipe a trouxe — disse Emily, com a voz embargada. — Veja o que aconteceu com você, está ferida, seu rosto está machucado... Minha querida, nem imagino o que você passou sozinha entre esses bárbaros!

— Não! — o grito saiu estrangulado, eles não são bárbaros... — Tárik é doce e gentil... é cruel também... mas é valente, ele cortou a cabeça da cobra e... ele está bem? Diga-me, ele está bem?

— Calma — interrompeu-a Phillip, percebendo que Prudence ficara agitada —, melhor você descansar e não falar demais, você está delirando. Deve ser efeito do excesso de sol e da desidratação. Não se preocupe, ele está bem, muito melhor do que você. Agora descanse, você será cuidada.

Exaurida, ela bebeu um pouco de água que uma jovem lhe ofereceu, apoiando sua cabeça com o braço; seu corpo estava pegajoso e ela não conseguia coordenar os pensamentos. Enquanto a carregavam, mergulhou num sono inquieto, mas reparador.

Prudence abriu os olhos lentamente e por alguns segundos deixou que eles vagassem pelo ambiente imerso numa penumbra fresca e aconchegante. Estava deitada numa imensa cama de dossel entre almofadas de plumas. Percebeu que estava nua sob os lençóis de linho branco e constrangida os puxou até o queixo.

— Emily, você está aí? — perguntou em voz alta, tentando identificar a amiga no vulto que vislumbrou através do tecido diáfano que protegia o leito.

Mas não foi a amiga que surgiu sorridente afastando as cortinas, e sim uma mulher morena, já adentrada em anos e com bondosos olhos escuros, que surpreendeu Prudence falando um inglês correto, porém marcado por um forte sotaque.

— Eu sou Latifa. Sua Alteza, o príncipe Bahman, me designou para servi-la, milady — apresentou-se com uma reverência. Milady Emily esteve aqui até há pouco, agora recolheu-se. Eu lhe farei companhia, a senhora deve alimentar-se para recuperar as forças.

— Onde estão minhas roupas? — perguntou Prudence, constrangida —, eu achei que meus baús já estariam aqui...

— Seus baús chegaram, milady, mas sua pele sofreu com o calor do deserto... a senhora estava ferida, foi preciso despi-la para podermos tratar seus machucados... Eu sei como uma pele branca como a sua é sensível, e como pode sofrer no calor da Arábia. Vou ajudá-la, será mais fácil se usar um kaftan; um espartilho iria feri-la ainda mais.

Dizendo isso, a bondosa senhora ajudou-a a vestir uma espécie de túnica solta, a pele do corpo, assim como a do rosto, estava untada com unguento, e Prudence notou que já não ardiam tanto.

— Gostaria de comer agora?

— Sinceramente estou faminta — concordou Prudence.

— Esse é um ótimo sinal — disse Latifa, sinalizando para que duas criadas se aproximassem. Ajudando-a a levantar-se, levaram-na até um divã em frente a uma mesa baixa de latão, onde havia frutas, pequenos pastéis, finas fatias de carne, pães e alguns doces com nozes.

Servindo uma taça de um chá agradável e frio, Latifa a estendeu para Prudence que a bebeu avidamente.

— Enquanto se alimenta, milady, vou mandar preparar-lhe um banho.

— Será ótimo, obrigada. Sinto que tenho areia até dentro de minhas orelhas.

— Paxá Tárik recomendou que a banhasse em água perfumada — disse Latifa — vou cuidar para que sua ordem seja cumprida — disse, retirando-se.

Um sorriso se abriu no rosto de Prudence, então ele se lembrara!

Mais tranquila, passou a observar o ambiente enquanto degustava um doce com castanhas e mel. O quarto parecia imenso, as paredes cobertas por lindos mosaicos azuis chegavam a um teto abobadado, janelas estreitas e altas deixavam passar a luz de fim de tarde, uma aragem fresca e perfumada tornava o ambiente agradabilíssimo.

— Há quanto tempo estou descansando, Latifa? Parece que dormi por horas — indagou, quando a criada retornou.

— Dormiu por dias, milady! A senhora chegou ao palácio muito fraca, desidratada, febril e com queimaduras de sol. Foi o príncipe Tárik quem a trouxe, ele também chegou ferido. Uma tempestade de areia é na maioria das vezes fatal, as chances de quem é surpreendido são muito pequenas. Milady e Sua Alteza tiveram muita sorte, assim como Nassif.

— Eles estão bem? — perguntou Prudence, ansiosa por notícias.

— Sim, milady. Sua Alteza é forte e corajoso, ele a trouxe para Madinat al-Zahr em segurança, através do deserto — disse a criada com um orgulho que não passou despercebido para Prudence. — E Nassif cuidou bem de ambos, como é seu dever.

— Você fala minha língua muito bem, Latifa, onde a aprendeu?

— Com lady Margueritte, a mãe de paxá Tárik. Eu era sua dama de companhia, ela me ensinou sua língua e eu lhe ensinei o árabe.

— Como ela era, Latifa? — perguntou Prudence, incapaz de controlar a curiosidade.

— Muito bela e gentil, mas muito triste.

— O que aconteceu?

— Ela era uma lady, filha de um nobre inglês! Ela e o califa se apaixonaram numa vigem que ele fez à Inglaterra, e se casaram aqui em Madinat al-Zahr contra a vontade da família dela... Ela nunca mais voltou à Inglaterra.

— Mas por que ela não era feliz? — insistiu Prudence.

Latifa suspirou, os olhos marejados de lágrimas pelas lembranças.

— Eu era sua confidente e sei o quanto ela amava o califa. Desafiou sua família e veio para cá encantada com a ideia de ser sua esposa, mas nossos costumes são diferentes dos ingleses. O califa já tinha uma primeira esposa, a princesa Suraya, um casamento arranjado conforme os costumes. Por mais que ele amasse lady Margueritte, era a princesa Suraya, mãe de seu herdeiro, que sentava a seu lado como esposa e rainha. Minha senhora nunca conseguiu se acostumar com isso, ela dizia que se estivesse na Inglaterra não seria mais do que uma concubina.

— E o príncipe Tárik, o que pensava disso?

— Ele notava a tristeza da mãe, mas pouco havia o que pudesse fazer. E ele também amava o pai e compreendia que ele estava preso às tradições. Além disso, o califa não fazia nenhuma diferença entre os filhos. O príncipe Bahman era o herdeiro, mas ele e paxá Tárik receberam a mesma educação e foram criados juntos. Eram inseparáveis quando crianças e foi o príncipe Bahman que ensinou paxá Tárik a montar e a treinar os falcões; eles faziam tudo juntos.

— Mas a corte não os tratava como iguais — concluiu Prudence, com perspicácia, — nunca consideraram Tárik um verdadeiro príncipe...

— Alguns nobres não gostavam de lady Margueritte, especialmente os que faziam parte do círculo da princesa Suraya. Por ser inglesa, temiam que defendesse interesses diferentes dos deles ou que influenciasse o califa para que nomeasse o príncipe Tárik seu herdeiro. Milady tem razão, não o consideravam um verdadeiro príncipe, o consideravam apenas o filho da infiel...

— Agora entendo o que Nassif quis dizer sobre ele não pertencer a nenhum lugar. E como lady Margueritte morreu, o que aconteceu com ela?

— Quando paxá Tárik estava com doze anos ela decidiu voltar à Inglaterra para que ele conhecesse a família. Estavam a caminho, infelizmente a caravana foi atacada no deserto por soldados otomanos. O príncipe não sofreu nada, mas lady Margueritte foi ferida... a flecha de uma besta... enfim, foi muito triste!

Prudence observou o véu de tristeza que nublou os olhos da velha senhora.

— Ora, já falei demais — disse Latifa, mudando de assunto. — Vamos, milady, seu banho já deve estar pronto e a água esfriando —, disse ajudando-a a se encaminhar a uma sala adjacente.

Prudence entendeu que não adiantava insistir, a velha senhora não contaria mais nada. Assim, seguiu Latifa e ficou maravilhada com a enorme banheira de mármore, quase uma piscina, com que se deparou. Uma sensação de conforto a invadiu quando mergulhou na água morna e perfumada.

Seria perfeito se Tárik estivesse aqui, pensou com ousadia.

Tárik Al Kaled estava deitado seminu e de bruços em um divã. Sua pele morena não havia sofrido demais pela exposição ao sol, e os ferimentos do rosto já estavam cicatrizados. Ele já se sentia plenamente refeito.

— Meu príncipe, louvo a Allah por tê-lo trazido a salvo de volta para mim — sussurrou Samira em seu ouvido, enquanto massageava os músculos com óleos aromáticos. — Já me perguntava quando me chamaria para dançar... ou fazer amor — disse ela, sugestivamente, aproximando-se.

As roupas que a dançarina usava não deixavam muito à imaginação e ela se esforçava para chamar a atenção de Tárik, inexplicavelmente distante. Quando ela aproximou o rosto para beijá-lo, ele levantou-se inquieto.

— Meu príncipe? — perguntou ela surpresa, o que posso fazer para agradá-lo?

— Dance para mim — pediu ele mecanicamente, enquanto se servia de uma taça de vinho.

A morena dirigiu-se até a porta e fez sinal para que o tocador de cítara entrasse e se colocasse atrás de um biombo de forma a não ver o que acontecia dentro do quarto. Assim que os primeiros acordes se fizeram ouvir, ela começou a movimentar o corpo em rodopios sensuais, aproximando-se cada vez mais de Tárik, de forma que seus corpos quase se tocassem.

Ela o conhecia bem e sabia que sua dança o excitava, ansiosa continuou por vários minutos, mas o príncipe tinha o olhar distante e não fez um gesto sequer em sua direção. Normalmente ele já teria retirado a parte superior de seu traje e estaria se deliciando com a visão e o toque de seus seios... mas hoje...

Tárik sentia o corpo queimar de desejo... mas, por mais que tentasse fixar sua atenção em Samira, o que via à sua frente era o corpo branco e delicado de Prudence se contorcendo sob suas mãos, seus olhos vidrados mudando de cor, o sussurro de seu prazer...

A ideia de que outro homem um dia a faria completamente mulher o deixava transtornado, só de imaginá-la nos braços de um inglês arrogante, alguém que não saberia extrair dela a paixão que ele sentira pulsar em seu íntimo...

— Meu senhor — disse a dançarina, tirando-o de seus devaneios... —Senhor amado de meu coração, o que está acontecendo? Nunca o vi tão distante... minha arte já não o agrada mais?

Por Allah, estou enlouquecendo, pensou ele ao notar que sequer percebera a mulher dançando à sua frente. Preciso tirar essa inglesa da cabeça, porque isso é o que ela é: uma inglesa arrogante como as outras...

Sem uma palavra Tárik tomou Samira nos braços com força e fúria! A dançarina era linda, fazia amor com maestria e tudo o que ele precisava agora, convenceu-se, era sentir o corpo de uma mulher ardente. Ela correspondeu com ardor, seu corpo sinuoso colado ao dele, a boca ávida, mas no auge da paixão foi o rosto de Prudence que invadiu sua mente... e seu coração.

Capítulo 11

O palácio de Al-Andalus

Os três homens estavam reunidos na mesma saleta onde, há alguns dias, Bahman havia pedido ao irmão que escoltasse lady Prudence de Damasco até *Al-Andalus*. No palácio não era cultivado o hábito de consumir bebidas alcóolicas, mas os príncipes haviam morado na Inglaterra tempo suficiente para adquirir alguns costumes ingleses.

Bahman, Tárik e Phillip conversavam como nos velhos tempos, informalmente e apreciando um cálice de *brandy*. Embora o esperado reencontro fosse agradável, havia um ar de preocupação no semblante dos amigos.

— Lamento, Phillip — disse Bahman —, embora a vida de lady Prudence tenha sido preservada, pois conseguimos evitar o pior, infelizmente a tempestade os atrasou e o plano de mantê-la viajando incógnita fracassou.

— Eu deveria ter previsto a possibilidade — interveio Tárik.

— Fez o possível — respondeu Phillip, dirigindo-se ao príncipe. — Serei eternamente grato por ter salvado a vida de minha irmã.

— Phillip, você sabe que minha amizade por Prudence é antiga e verdadeira, se eu pudesse imaginar esse desfecho... jamais a teria convidado para vir a *Al-Andalus* — interferiu Bahman.

— Foi uma fatalidade, meu amigo. Você não deve sentir-se responsável. Receber o convite para suas bodas foi uma honra, infelizmente não podíamos prever as ameaças de Abdullamid, e muito menos a tempestade de areia. Tenho certeza de que você entenderá se, diante do acontecido, Prudence decidir retornar a Londres logo após as suas bodas. Acredito que quanto antes enfrentarmos possíveis... insinuações, melhor será.

Um silêncio constrangido reinou na sala.

Ainda que a viagem houvesse sido decidida para salvaguardar sua vida, o fato é que lady Prudence Sinclair, a filha do duque de Barrington, havia passado dias e noites no deserto sozinha com um árabe! Além disso, havia retornado descomposta, vestindo roupas orientais rasgadas e uma camisa masculina! Não havia como evitar, sua reputação estava maculada! E os três homens naquela sala sabiam disso.

Nenhuma justificativa ou desculpa impediria a maledicência quando a sociedade londrina conhecesse o fato. Um ou outro membro da delegação acabaria por comentá-lo, intencionalmente ou não, e a notícia se propagaria como fogo na palha. Não era sempre que se via a filha de um duque poderoso como lorde Barrington envolvida em um escândalo.

Línguas maldosas se regalariam em contar e recontar a história acrescentando os mais inimagináveis detalhes. O nome de Tárik seria novamente citado com escárnio e Prudence ficaria à mercê de calúnias e afrontas. O duque ficaria furioso! Qualquer possibilidade de ele intervir junto à Câmara dos Lordes em favor da Arábia seria descartada.

Bahman levantou-se, não poderia permitir que isso acontecesse. Só havia uma solução digna! Os três sabiam que apenas um casamento abafaria o escândalo! Mas será que Tárik conseguiria superar sua aversão e tomar a decisão correta pelo bem do seu reino e do seu povo?

Phillip, por sua vez, tinha consciência de que o amigo não era responsável pela situação insólita, e por outro lado não tinha certeza se Prudence concordaria com um casamento, por isso quedou-se em silêncio. Se exigisse reparação em nome da honra, a irmã seria obrigada a aceitar a proposta de Tárik, e ele não gostaria de impor a ela uma vida naquele país tão distante.

O ambiente não era hostil, ainda assim havia certo mal-estar. Todavia os três permaneciam em silêncio saboreando a bebida. A sensação, contudo, era de expectativa, como se aguardassem o desfecho da situação.

Tárik conhecia o irmão bem demais para saber que ele não o obrigaria a pedir a mão de lady Sinclair, não depois da humilhação que ele sofrera nas mãos de uma inglesa. Mas ele conhecia seu dever...

— Lorde Sinclair — começou ele, sentindo o sangue esvair-se do seu rosto —, como sabe sou inglês por parte de mãe, filho de Sua Alteza o califa Kassim Al Kaled e de lady Margueritte Torrington e, embora não tenha direito ao título, sou neto do conde de Sussex. Acredito ser digno e me sentirei honrado se considerar meu pedido para a mão de sua irmã lady Prudence.

Phillip respirou aliviado, ainda que esse não fosse o desfecho pretendido, certamente seria a única solução possível para salvaguardar a honra de Prudence e preservar o nome da família de boatos e maledicências. Ainda assim ele teria que falar com ela, não poderia aceitar sem a anuência da irmã. Sua mãe ficaria furiosa, pensou, mas seu pai concordaria com ele... Ainda que Tárik fosse um árabe, nascido e criado em *Al-Andalus* em meio ao deserto, tinha sangue de uma das mais antigas linhagens da Inglaterra.

— A honra será de nossa família em unir nosso nome ao de Vossa Alteza — respondeu Phillip, formal. — Mas como acredito que saiba, eu não poderia impor um casamento à minha irmã, por isso o autorizo a fazer-lhe a corte e, se ela concordar, ficarei feliz com o enlace.

Tárik assentiu com a cabeça. Prudence concordaria, ele se encarregaria disso. *Malditos ingleses*, pensou com revolta, enfim me fizeram refém em suas mãos. Não posso me furtar pelo bem da Arábia! Ela terá meu nome... e eu terei seu corpo!

A noite já estava em seus estertores e ele ainda não conseguira conciliar o sono. A enormidade de sua decisão ainda o assombrava, contra todas as suas convicções pedira a mão de Prudence em casamento! E se ela aceitasse? Pior, e se não aceitasse?

Ele vivenciara a realidade do casamento de seus pais e sabia que uma inglesa jamais se acostumaria a viver ali, tampouco ele conseguiria ser feliz na Inglaterra.

— Não seja tolo — disse a si mesmo —, casamentos são simples acordos comerciais, sua função não é tornar as pessoas felizes. Essa é uma união, como centenas de outras, firmada por questões práticas! A Arábia precisa do apoio do duque! Cumpri meu dever, é disso que se trata.

Levantando-se ele caminhava pelo aposento como um tigre enjaulado. Um par de olhos dourados invadiu sua prisão e ele não suportou, pegou uma capa e saiu em direção ao pátio.

Como esperava Nassif já estava ali, alimentando seu falcão. A ave de rapina estava empoleirada em seu braço e tinha os olhos vendados. Ele lhe apresentava pequenos pedaços de carne que ela agarrava com o bico curvo. Era um belo animal, majestoso e de garras afiadas.

Quando o viu, o curdo colocou a ave no poleiro e prendeu uma das pernas para que ela não voasse sem controle, só então lhe tirou a venda. Em silêncio aguardou que Tárik falasse, e o príncipe foi direto ao assunto que o levara até ali na madrugada fria.

— Eu pedi a mão dela em casamento a lorde Phillip.

— Meus cumprimentos, paxá Tárik, que seja uma união abençoada e que *Allah* lhes conceda muitos filhos — disse o curdo, abaixando a cabeça em sinal de respeito.

— Não seja tolo. Você sabe que não será... ela é inglesa!

— E esse é o único impedimento para a felicidade? — perguntou o curdo, ciente da razão de o príncipe estar ali. Por várias vezes, quando criança, era a ele que Tárik procurava quando necessitava de um conselho.

— Você se lembra de minha mãe... ela não foi feliz, e meu pai sofreu também. E você se lembra do que aconteceu em Londres... Meu avô... lady Vitória...

— Aquela jovem era uma tola... um rosto bonito que escondia um coração frio e cruel — disse Nassif, a indignação perceptível em sua voz.

— Era uma lady... como Prudence também o é!

— Alteza tem certeza disso? Há comparação entre ambas?

Ainda que contrariado, Tárik se forçou a lembrar do que acontecera há alguns anos. Cumprindo a promessa feita à mãe, ele havia ido a Londres para conhecer a família pelo lado materno. O conde de Sussex, seu avô, jamais perdoara a filha por ter se casado com um árabe e deixado a Inglaterra, mas depois da morte dela concordara em conhecer o único neto.

Sua chegada a Londres foi muito comentada, principalmente

pelas condições de seu nascimento. Seja por curiosidade ou por respeito ao conde, o fato é que ele fora convidado para vários eventos naquela temporada.

Foi num sarau que conheceu e se encantou por lady Vitória, a jovem e bela filha do visconde de Woodbarry, um nobre estimado cuja fortuna fora dilapidada. Em sua primeira temporada na corte, a jovem tinha alguns pretendentes, mas de imediato lhe concedeu suas atenções. Ele se apaixonou, uma paixão juvenil, intensa e que teve o apoio do avô, feliz pelo neto interessar-se por uma debutante de boa estirpe. Tárik lhe fez a corte, pediu-a em casamento e haviam decidido marcar a data quando ocorreu o escândalo...

Durante um baile já ao final da temporada, ele surpreendeu a noiva na biblioteca e nos braços de lorde Hamilton, um conhecido e simpático libertino. Descontrolado, imaginando que a jovem estava sendo atacada, avançou sobre Hamilton, espancando-o sem piedade. Precisou ser contido por outros lordes que foram atraídos pelo barulho e confusão.

Desesperada por ver o amante ferido, a jovem se revelara. Ele ainda era capaz de rever a cena e ouvi-la, como se tudo estivesse ocorrendo naquele momento:

— Seu animal! Imundo! Você acha mesmo que eu me casaria com você se não fosse obrigada por meu pai? Seu tolo... como pôde acreditar que eu me interessaria por um bárbaro ou por ir viver num país de porcos pagãos? Jamais! Só o que nos interessava era seu dinheiro. A fortuna que seu avô vai lhe deixar... meu pai me prometeu que daria um jeito de livrar-se de você após o casamento... Hamilton... oh, o que esse bruto fez com você?

Em lágrimas, sua noiva se debruçara sobre o amante desacordado pelos golpes e pelo excesso de vinho, tentando fazê-lo voltar a si, ao passo que ele se retirava da festa, aturdido e humilhado, sob olhares cínicos e críticas veladas.

Surpreso, descobrira depois que a traição era notória, que fizera papel de tolo e que alguns chegaram a criticá-lo pela barbárie com que atacara o pobre Hamilton! Deixara Londres jurando nunca mais voltar...

— Esqueça o que aconteceu, paxá Tárik! A voz forte de Nassif o fez voltar ao presente. — Não confunda aquela inglesa oportunista com lady Prudence. *Sayida* é uma princesa que cavalga como uma *tuareg*[1] pelas areias do deserto, enfrenta tempestades com coragem e ama o céu estrelado da Arábia! O que ela teria em comum com aquela inglesa azeda por quem o senhor um dia acreditou ter sentimentos?

— Talvez você esteja certo, meu amigo. Talvez elas não tenham nada em comum, mas ainda assim ela é uma inglesa. Mas não importa, era meu dever pedi-la em casamento, pelo bem do reinado de meu pai, por Bahman, pela Arábia e...

— Essa é a única razão, Alteza? Seu dever é a única razão que o levou a pedi-la em casamento? — perguntou incisivamente Nassif. — Orgulho torna um homem forte, meu príncipe, uma amante esquenta sua cama, mas nenhum deles aquece realmente o coração. Amar não dói... e confessar o amor também não, meu senhor. A solidão sim, é muito mais dolorosa!

Uma sombra de tristeza cruzou o rosto do curdo. Orgulho era algo que paxá Tárik tinha de sobra, fora o que lhe dera forças para superar a humilhação pela qual passara em Londres há alguns anos. Mas que orgulho havia em negar o amor quando ele era verdadeiro e recíproco?

Tárik olhou para o curdo. Quem imaginaria que um homem tão embrutecido pela vida no deserto tivesse uma alma sensível?

1 - Senhoras do deserto.

Mas o velho amigo e protetor estava enganado. Os sentimentos que o assaltavam eram intensos, mas não era amor. Paixão... desejo... luxúria... mas não amor! Ele jurara a si mesmo que esse sentimento jamais o alcançaria novamente. No entanto, Nassif estava certo em outro aspecto, não era apenas o dever que o incitara a pedi-la em casamento.

— Maldição! Não! O dever não é a única razão, você tem razão, meu amigo! Eu a pedi em casamento porque estou enfeitiçado! Porque não consigo tirá-la do pensamento! Eu a pedi em casamento porque a quero! Porque não suporto imaginá-la nos braços de outro homem!

— Então aceite seus sentimentos.... e lute por eles!

— Não se trata de sentimentos... apenas de desejo! Não há lugar em mim para sentimentos tolos, não mais... Eu me casarei e saciarei minha fome, e quando ela resolver partir... eu a deixarei ir!

E encerrou a conversa dando as costas ao amigo.

Capítulo 12

A festa do casamento

— Estou tão ansiosa pela festa — disse lady Emily, dando alguns retoques no cabelo em frente ao espelho. — Tenho certeza de que será um espetáculo grandioso. Você sabe, minha querida, já estive em palácios na Índia, contudo nunca havia visto um tão bonito quanto esse. Não que seja muito grande, mas é de muito bom gosto! Esses mosaicos em azul e ouro são simplesmente magníficos! É claro que nada disso se compara a Windsor, mas ainda assim é muito interessante...

A amiga não parava de tagarelar e Prudence simplesmente deixou o pensamento flanar em outra direção. Ela não conseguia deixar de pensar que Tárik não a havia procurado desde que chegaram ao palácio. Bahman havia recebido a comitiva inglesa para um jantar, mas ele não havia comparecido. Naquela manhã, durante a cerimônia, ele ficara no local reservado à família real. Ela não sabia se ele a estava evitando ou se simplesmente não se interessava em revê-la.

Eu deveria estar grata, pensou, *por ele não estar me impondo sua presença. Depois do que aconteceu não sei como iria encará-lo! Além disso, já bastam os comentários que estão circulando sobre o fato de termos estado sozinhos, se ele ficasse à minha volta só iria alimentar mais rumores infundados.*

— Ah, Prudence, a quem pretende enganar — murmurou para si mesma —, nada disso importa! Tudo o que você realmente quer é revê-lo!

— E então, minha querida, o que você acha? Está me ouvindo, Prudence? Eu não entendi o que me respondeu!

— Desculpe-me, Emily, eu me distraí por instantes. O que você me dizia mesmo? — ela não fazia a menor ideia do que a amiga havia perguntado.

Mudando o tom da conversa, lady Emily se aproximou e sentou-se ao lado de Prudence segurando-lhe a mão com carinho.

— Vamos, minha menina, conte-me o que aconteceu no deserto. Você está diferente desde que voltou. O... príncipe, ele a magoou de alguma forma? Ou você está simplesmente em choque por ter ficado naquela situação? Eu imagino que não deve ser fácil enfrentar uma tempestade no deserto apenas na companhia de bárbaros e...

— Eu já disse que ele não é um bárbaro, seja lá o que você entenda por isso! — disse Prudence, levantando-se abruptamente. — Ele foi gentil, protetor e salvou minha vida! E se estou diferente é porque enfrentei a morte! E porque... porque...

A verdade a atingiu como uma flecha!

Porque me apaixonei perdidamente por ele, disse a si mesma. *Como uma garota ingênua de romances eu me apaixonei e o príncipe de meus sonhos agora tem um rosto e um nome Tárik Al Kaled*! Era o seu segredo, não iria partilhá-lo com Emily, ela não a compreenderia.

— Está bem, Prudence, não precisa ficar aborrecida, já percebi que tocar nesse assunto a incomoda — disse Emily, ao perceber que ela ficara pálida e não conseguia completar a frase. — Você está aqui sã e salva, agradeça a Deus por isso.

— Desculpe-me, Emily, eu não quis ser grosseira, mas foi tudo muito difícil, procure entender. E relembrar o que passei... mas tenha certeza de que Tárik, quero dizer, o príncipe foi um cavalheiro, não importa o que digam, ele foi um cavalheiro... e salvou minha vida!

— Então deixemos esse assunto de lado, afinal esta noite festejaremos o casamento do príncipe Bahman. E foi para participar dessas festividades que viemos, não é mesmo?

— Você tem razão, Emily, foi para isso que viemos — respondeu ela, sorrindo com os lábios enquanto o coração se confrangia. Contudo, o orgulho falou mais alto, aprumando o corpo preparou-se para acompanhar o irmão. Ela representava a Coroa Britânica e precisava apresentar-se à altura, com nobreza e distinção.

A cerimônia de casamento, conforme a tradição, havia acontecido na manhã anterior. A noiva, totalmente coberta, chegara ao palácio numa liteira e acompanhada de um séquito!

No salão do trono os contratos de núpcias foram assinados e os noivos trocaram anéis, símbolos do novo estado civil. Ao fim do ritual, Bahman havia levantado o véu e contemplado o rosto de sua agora esposa, depositando um beijo em sua testa. Depois os noivos haviam desfilado pelas ruas, acenando ao povo, que os aplaudia quando passavam.

Fora servido um banquete ao meio-dia, quando família e convidados comemoraram bebendo *sharbat*, uma bebida de frutas e flores feita especialmente para a ocasião. O povo também participava das festividades e durante o banquete comida e bebida haviam sido distribuídas. *Al-Andalus* não era um reino grande, mas seu povo honrava e admirava o califa. O casamento real fora um evento anunciado há anos e muito aguardado, agora estava sendo comemorado com alegria. O reino todo estava em festa.

Ao meio da tarde anterior as mulheres haviam se recolhido com a noiva para prepará-la para o evento principal. Prudence e Emily não haviam participado, Latifa lhes havia explicado que aquele era um momento íntimo da noiva com as mulheres de sua família, que iriam prepará-la. Além de banhá-la em óleos e perfumes, as mulheres solteiras lhes tatuariam as mãos e os pés com *hena*, num trabalho que duraria horas, uma tradição que acreditavam traria fortuna e felicidade e afastaria maus espíritos.

E ao cair da noite as bodas seriam festejadas numa festa suntuosa! O ápice dos acontecimentos, o evento mais esperado.

O sol ainda não havia desaparecido totalmente no horizonte, mas o salão já estava feericamente iluminado. Imensos lustres de cobre pendentes do teto ostentavam centenas de velas que também se distribuíam em candelabros espalhados pelo ambiente.

Prudence e Phillip, elegantes e altivos em trajes de gala, ficaram extasiados pela beleza do lugar. Eles, em especial, eram os representantes da Coroa e de Sua Majestade o Rei George, e foram anunciados por um arauto de turbante ao chegarem às portas do imenso salão.

A decoração não se assemelhava às dos bailes ou jantares ingleses, ainda assim era belíssima. Palmeiras tinham sido colocadas em vasos dentro do espaço de teto altíssimo, tapetes tecidos à mão com fios de lã de ovelhas recobriam quase que todo o chão de mármore, sobre eles mesas baixas ladeadas por divãs e almofadas de seda em tons de carmim, prata e ouro acomodavam os convidados.

Os criados circulavam carregando bandejas de prata com

iguarias inusitadas: aves assadas servidas inteiras, cordeiro com arroz, pequenos pastéis com diferentes recheios, a massa tão fina que derretia na boca, queijos recobertos com mel e amêndoas, doces e bolos com castanhas e nozes, vinho aromatizado com especiarias, sucos de frutas exóticas.

Músicos tocavam sobre um tablado montado num dos cantos do salão, havia mágicos, contorcionistas e dançarinas se apresentando, incenso perfumado queimava em locais estratégicos deixando o ambiente perfumado.

Abismados pelo luxo, os dois casais, atendendo ao protocolo, foram diretamente ao califa que ocupava um lugar de destaque, curvando-se perante ele em sinal de respeito. Apresentaram os cumprimentos em seu nome e no de Sua Majestade e entregaram presentes.

Embora atenta às regras sociais, Prudence não conseguia evitar sua vontade de rever Tárik e pelo canto dos olhos procurou avistá-lo entre os convidados. Ele estava do outro lado do salão e, para sua surpresa, encarando-a. Quando seus olhos se encontraram ele levantou a taça que segurava como se fazendo um brinde.

Vestido com o *tobe,* conforme a tradição oriental, Tárik estava soberbo! Um verdadeiro príncipe de olhos misteriosos e sorriso sedutor.

Instintivamente, ela aprumou o porte, erguendo a cabeça com altivez. Ele não a via vestida com roupas ocidentais, lembrou-se, desde o casamento de sua irmã, quando ela tinha quinze anos e ainda era uma garota desengonçada.

O vestido que usava, num tom suave de seda rosa e rebordado por minúsculas contas, destacava a cor de suas faces e o brilho cor de mel de seus cabelos. Ela os havia afastado do rosto com duas presilhas de ouro branco e diamantes, mas eles caíam em cachos soltos pelas costas refletindo a luz da centena de velas que iluminavam o ambiente. O espartilho apertado tornara sua cintura ainda mais fina, o que destacava o busto levemente descoberto no decote insinuante. Um par de brincos de diamantes, herança de sua avó materna, completava seu traje. Em meio ao luxo extremo dos convidados, ela se destacava pela beleza e elegância.

Os olhos de Tárik não se afastavam dos seus, insondáveis como dois lagos profundos. Ela respirou aliviada quando a chegada da noiva foi anunciada. Numa espécie de trono suspenso a jovem chegou carregada por seis criados e desviou a atenção de todos, inclusive de Tárik.

A princesa Layla era uma jovem morena e bonita, com grandes olhos de corça delineados por *kajal* e um nariz levemente adunco. Estava luxuosamente vestida, seu traje branco era inteiramente rebordado com pedrarias e deixava apenas o rosto à mostra. As joias que usava também eram deslumbrantes, o rubi que prendia a *shayla* a seus cabelos tinha o tamanho de um ovo de pombo.

Foi recebida com carinho por Bahman e, em seguida, ambos se acomodaram, num local especialmente reservado, para receber cumprimentos e apreciar a festa.

Prudence e Phillip se integraram ao cortejo que se aproximou para desejar vida longa e feliz ao casal.

Curvando-se diante da noiva, Prudence lhe dirigiu um sorriso e ficou surpresa quando a jovem levantou e lhe deu um abraço. Fazendo um sinal para Bahman, começou a falar em árabe.

— A princesa Layla lhe agradece por ter sido uma boa amiga e por sua família ter sido tão gentil comigo quando estive na Inglaterra — traduziu Bahman, com um sorriso satisfeito.

— Por favor, diga à princesa que sou eu quem deve agradecer pela amizade de Sua Alteza, príncipe Bahman, assim como pelo generoso convite para essas festividades. Tanto ela quanto a festa estão belíssimas!

— Ela gostaria que vocês se tratassem pelos nomes, sem uso de títulos. Disse que se para mim milady é como uma irmã, gostaria de tratá-la e ser tratada da mesma forma, como irmã.

— Eu me sinto muito honrada — respondeu Prudence, sorrindo para a jovem noiva e feliz pelo amigo estar se casando com uma moça gentil, além de bela. Ela lembrava-se que ele e a princesa Layla haviam sido prometidos um ao outro desde o nascimento dela, quando ele já tinha dez anos. Mas o casamento arranjado não parecia um problema, eles aparentavam estar felizes e satisfeitos um com o outro, e isso a deixou contente.

— A princesa disse que deve ficar à vontade e apreciar a festa, milady, que vocês terão muito tempo para se conhecer e conversar.

Agradecendo, Prudence se afastou, permitindo que outros cumprimentassem o casal. Com os olhos procurou por Phillip, que já saíra do seu lado e estava entretido em uma conversa com o califa, certamente tratando de assuntos de Estado. Emily e Alfred, por sua vez, já haviam seguido para o outro lado do salão e estavam admirando maravilhados a apresentação de um grupo de dançarinas, que conseguiam dançar equilibrando castiçais e velas acesas presos a tiaras sobre a cabeça!

Um pouco deslocada, Prudence se afastou em direção a uma sacada e saiu para admirar a beleza da noite. O ar estava fresco e como sempre o céu pontilhado por milhões de estrelas. Dali era possível avistar a alguns metros abaixo o imenso jardim que circundava o palácio e que nessa noite fora todo iluminado por tochas. Era um jardim diferente dos jardins ingleses, as flores eram raras, talvez por causa do clima, mas ainda assim era belo, com lindas fontes, recantos aprazíveis e palmeiras. Uma sensação agradável a invadiu e ela suspirou:

— Ah, Sherazade, você não mentiu quando falou sobre a maravilha de se estar sob o céu da Arábia!

— Ela ainda a fascina?

A voz grave, alguns metros atrás dela, não deixava dúvidas a quem pertencia. Tárik! Com o coração palpitando, Prudence virou-se temendo que ele notasse o rubor que lhe subira às faces.

— Sempre!

Ele a olhava como se a despisse lentamente, seus olhos a devassando e invadindo. Fixou-os nos lábios entreabertos, desceu até o colo arfante e admirou a cintura fina, bem apertada pelo espartilho. Estendendo a mão tocou levemente seus cabelos, uma cascata brilhante derramando-se pelas costas.

— Prenda os cabelos — disse numa voz gutural e com os olhos fixos nos dela. — Você está linda, mas daqui para frente não quero, não permito que mais nenhum homem veja seus cabelos soltos. Agora apenas eu poderei admirá-los assim.

— O que você quer dizer com isso? — perguntou Prudence, abismada com a audácia dele em lhe dar tal ordem.

— Minha cara lady Prudence, nossa aventura pelo deserto teve consequências... eu pedi sua mão em casamento a lorde Sinclair. Ele deve anunciar nosso noivado em breve... prenda os cabelos —, repetiu a ordem, deixando-a atônita.

— Casamento?

Prudence sentiu que o chão lhe faltava, como ele ousara pedir sua mão a seu irmão sem falar com ela? E por quê? Ainda que soubesse tratar-se de uma quimera, por um segundo ela quis acreditar que seu amor era retribuído. Mas a ilusão se desfez rapidamente, um homem apaixonado não teria falado daquela forma.

— Devo supor que você acredita que a resposta será sim, ainda que não tenha falado diretamente comigo.

— A resposta será sim, milady — disse ele.

— Milady? Pensei que tivéssemos passado da fase de formalidades — respondeu ela.

— Exatamente! Você própria respondeu a sua pergunta.

— Você está enganado, Alteza. O que aconteceu entre nós não justifica o fim das formalidades, menos ainda justifica um casamento. Lamento se meu irmão lhe deu a entender que eu aceitaria, mas...

Aproximando-se dela Tárik levantou seu queixo com a ponta do dedo indicador fazendo-a calar-se e, olhando no fundo de seus olhos, disse friamente:

— O casamento salvará sua honra e será uma aliança benéfica para meu país. Eu concordei com seu irmão quando ele disse que a decisão será sua, embora esse não seja o costume em meu país. Como lhe disse há muitos anos, não somos bárbaros, não decapitamos nossas mulheres se elas não aceitarem nossas propostas de casamento. Naturalmente, você deve pesar bem as razões que nos levaram a esse ponto e decidir.

— E quais são essas razões, Alteza?

— Interesses de Estado, preservação de sua honra e... isso.

Puxando-a pela nuca Tárik capturou sua boca com paixão. As mãos possessivas trazendo seu corpo para junto do dele, seios esmagados contra músculos. Não era um beijo cálido ou gentil, era uma invasão e uma declaração de posse.

— Você vai aceitar — disse ele, mantendo-a presa a si —, e quando o fizer e o noivado for anunciado, não poderá voltar atrás, aconteça o que acontecer.

Prudence estremeceu, ela o queria mais do que tudo, mas não o aceitaria sem que ele viesse inteiro, apaixonado, o príncipe que sonhara...

— Não!

Ela não se afastou nem um milímetro, contudo sua voz saiu clara e firme. As mãos dele, nervosas e inquietas, se imobilizaram e foi ele que recuou, apenas o necessário para olhá-la nos olhos.

— Então essa é a sua resposta? — a voz perigosamente suave. — Não sou suficiente para você?

— Você não a ouviu completamente, Alteza!

Impassível, ele aguardou, os olhos como brasas ardentes pareciam querer perfurá-la.

— Eu não aceitarei me casar pelas razões que Sua Alteza citou. *Elas* não são suficientes para mim. Só me casarei quando encontrar o homem que *me fará feliz*, aquele que me amar e para quem eu serei única. Nem honra, nem virtude são mais importantes do que o amor.

— O amor é uma ilusão!

— Não para mim, tampouco o foi para Sherazade. Foi o amor que a salvou, e a seu povo — disse Prudence, enfática.

Incomodado, parado à porta que levava à sacada, Phillip com o cenho carregado observava os dois. Se havia alguma dúvida nele sobre a necessidade desse casamento, a cena que presenciara a havia banido para longe.

— O que faz aqui, Prudence? — perguntou Phillip.

— Eu discutia com o príncipe a proposta que ele lhe fez hoje, mas já estávamos terminando.

— O assunto não está esgotado — disse Tárik, num tom peremptório —, mas esse não é o momento adequado para isso. Estamos reunidos para festejar o casamento de Bahman e devemos aproveitar a festa. Milady, voltaremos a conversar, e com um leve aceno de cabeça deixou-os.

— O que você disse a ele? — perguntou Phillip.

— Disse não!

— Você tem certeza disso, minha irmã?

— Sim, Phillip, tenho certeza! Não posso me casar, não porque eu não o ache digno, ao contrário, apenas não posso aceitar as razões dele. Não acredito que *razões de Estado* sejam motivos suficientes para um casamento.

— Minha irmãzinha continua firme em suas convicções e crenças sobre o amor — gracejou lorde Sinclair. — Eu apenas receio o que você poderá enfrentar quando retornarmos. A notícia de sua viagem pelo deserto na companhia do príncipe pode vir a ser comentada, boatos e alguma maledicência devem surgir. A sociedade inglesa pode ser bastante maldosa e até vingativa, você sabe disso. Talvez alguns desafetos de nosso pai, ou mesmo um ou dois jovens que tenham sido rejeitados por você...

— Não se preocupe, meu irmão, boatos sobre minha virtude, ou a falta dela, jamais seriam motivo suficiente para me levar a uma decisão capaz de modificar minha vida e meu futuro. Lamento se isso vier a causar algum desconforto a nossos pais, mas nem mesmo por eles eu poderia aceitar um casamento movido apenas por interesse ou conveniência.

— Eu comunicarei sua decisão a Bahman e ao príncipe Tárik para desobrigá-lo de qualquer compromisso, se for o que você realmente quer.

Ela titubeou, teria coragem de recusar o pedido definitivamente? Respondeu a Phillip meneando a cabeça afirmativamente, temia que se tentasse verbalizar sua resposta a língua simplesmente não obedecesse ao seu comando e o *não* que havia respondido a Tárik se transformasse em *sim*.

— Devemos voltar à festa — disse Phillip, percebendo a insegurança de Prudence.

Ela o seguiu de volta ao salão, mas para ela a noite havia perdido o brilho. Ainda assim deveria permanecer na festa em respeito a Bahman e a Layla. Vendo Emily que sinalizava para que ela fosse sentar-se a seu lado, dirigiu-se até onde a amiga estava para assistirem juntas ao espetáculo de dança que se iniciava.

A bailarina era mesmo talentosa, o corpo flexível parecia não ter ossos! Ela seguia o ritmo dos instrumentos musicais, mexendo os quadris de uma forma inimaginável no Ocidente! Aos poucos os véus que a cobriam iam sendo dispensados um a um.

— Quem é ela? — perguntou abismado Phillip a seu lado.

— Eles a apresentaram como Samira — respondeu Emily. — Parece que é a bailarina mais famosa em toda a Arábia. Nunca imaginei fosse possível alguém dançar assim... se é que isso é uma dança — disse um pouco despeitada ao perceber que lorde Ravagnani sequer piscava os olhos.

Todos no salão pareciam hipnotizados, a música avançava num crescente, e os movimentos da mulher a acompanhavam. Prudence percebeu que ela dançava olhando especificamente para... Tárik! Até que encerrou a apresentação exatamente aos pés dele, os braços estendidos em sua direção no que parecia ser uma oferta sensual.

Os convidados aplaudiram com entusiasmo e a dançarina agradeceu, mas voltou a pousar os olhos no príncipe que, Prudence percebeu com o coração apertado, sinalizou algo que fez a jovem sorrir.

Capítulo 13

"Vou levá-la ao céu"

Tárik admirava o deserto ao longe, visível da janela de seus aposentos numa das torres do palácio.

Ele amava o deserto como somente um árabe sabia amar! Em sua vastidão, ele parecia sempre o mesmo aos olhos dos incautos, um oceano de areias douradas, imutável e sereno! Que ilusão! Quem o conhecia sabia de sua força, da forma como ele podia se erguer para proteger os seus filhos ou destruir seus inimigos...

O deserto... O que fizera com ele dessa vez? Trouxera-lhe uma mulher que ele não conseguia decifrar!

— Maldição! Por que entre todas as mulheres do mundo você teve que me encerrar com ela em seu ventre? — gritou, como se o manto de areia fosse uma entidade viva que pudesse responder. — Ela quer mais do que posso dar! Paixão e desejo não lhe bastam, ela quer meu sangue e minha alma!

Uma leve batida e o abrir da porta o fez virar-se. Samira estava parada, ainda usando os trajes que vestira para a apresentação.

— Meu príncipe amado — disse ela, vou dançar apenas para seus olhos agora... vim para lhe dar prazer!

Lentamente a dançarina se aproximou, o corpo movimentando-se como o de uma cobra, as mãos o enlaçaram e ela colou a boca à dele. Tárik abriu-lhe os lábios e sugou-lhe a língua, mas o sabor não era aquele que desejava, os seios fartos em suas mãos eram belos, mas não tinham a maciez com que sonhava, os cabelos negros eram sedosos, mas lhes faltavam os tons de ouro que alegravam seus olhos.

Com delicadeza ele afastou Samira, abraçando-a com carinho, porém, sem sensualidade.

— Quem é ela? — perguntou a jovem afastando-se, os olhos marcados de dor.

Diante do silêncio dele, insistiu:

— Quem é a mulher que lhe rouba o sono e não lhe dá alivio? É mais bela do que eu? Seu corpo lhe dá mais prazer do que o meu? — perguntou Samira, despeitada.

— Você é maravilhosa, Samira, eu ainda quero vê-la dançar muitas vezes...

— Deixe-me ajudá-lo a esquecer o que o atormenta, saciar a fome que vejo em seus olhos — disse ela. — Vamos cavalgar juntos, afastar-nos por uns dias, eu prometo que o farei sorrir novamente. Podemos fazer amor nas areias quentes do deserto...

Tárik não suportou a imagem que surgiu em sua mente, os olhos de Prudence vidrados de desejo sob a luz das estrelas. Samira tinha razão, ele precisava saciar a fome que o consumia, caso contrário morreria!

Sem conseguir controlar o impulso que o dominou, saiu deixando a dançarina boquiaberta e furiosa.

— Milady não consegue aquietar-se — disse Latifa, vendo que Prudence caminhava pelo aposento, ainda vestindo as roupas que usara para a festa.

Aproximando-se da janela, a jovem viu que a lua estava alta no céu. As comemorações no salão prosseguiam, mas ela não conseguira continuar lá depois que vira Tárik se retirar. Ela sentia a agonia do ciúme e da incerteza transpassar seu peito. Fora impossível não perceber que a mulher morena e bela dançara para ele!

Não existe a menor possibilidade de nos casarmos, como posso esperar que ele me ame? Jamais poderei competir com uma mulher com aquela beleza e sensualidade! Sou apenas uma inglesa acanhada e sem graça, não saberia como manter cativo um homem como ele!

— Permita-me ajudá-la a tirar essas roupas apertadas, milady — disse Latifa, percebendo a angústia que assolava Prudence. Sem esperar a anuência da jovem, começou a desabotoar os minúsculos botões que fechavam seu vestido.

— Sua pele está quente, você está febril — disse a mulher, com carinho. Não deveria ter usado um espartilho tão apertado, não depois do que passou no deserto.

Batendo palmas, Latifa chamou duas jovens e mandou-as preparar um banho.

— Não faça isso — disse Prudence — é muito tarde!

— Elas estão aqui para servi-la, milady, e eu para cuidá-la. São ordens de meu senhor Bahman. Um banho com pétalas de flores e folhas de hortelã vai acalmá-la e a senhora dormirá melhor. Venha, deixe-me ajudá-la a tirar esse espartilho e soltar seus cabelos.

Prudence não conseguiu recusar e entregou-se às mãos da experiente mulher. Tirando as roupas apertadas, Latifa soltou completamente seus cabelos e os escovou, prendendo-os com dois grampos apenas para que não se molhassem durante o banho.

Agradecida, Prudence mergulhou na água morna e fechou os

olhos deixando que ela a envolvesse. Pouco a pouco a tensão se esvaía de seu corpo e ela começou a relaxar. *O que Sherazade faria numa situação dessas*?, perguntou-se. *Como ela lutaria por seu amor?*

— Deixe-nos a sós, Latifa!

Assustada pela ordem dada de forma brusca, Prudence abriu os olhos a tempo de ver a dama de companhia levantar-se e sair, sem uma única palavra.

Tárik estava parado à sua frente, os olhos negros fulgurantes fixados em seu corpo envolto em espuma, a respiração em suspenso como que aguardando seu sinal.

Ele viera até ela! Ele a escolhera, a ela, uma inglesa acanhada e inexperiente. A força de seu amor fora suficiente para trazê-lo para si. Era por ela que pulsava o desejo que lia nos olhos dele. Ela não aceitaria um casamento sem amor, mas talvez o dela fosse grande o suficiente para ambos.

Palavras não foram necessárias. Prudence sabia o que ele fora buscar, assim como sabia que não conseguiria lhe dizer não. Afinal, nem honra, nem virtude eram mais importantes do que o amor. E ela o amava!

Ergueu os braços num convite mudo e irrecusável.

Tirando o *kaftan*, ele se deixou ficar parado como uma pantera aguardando o momento de dar o bote.

Prudence nunca vira um homem nu, mas o corpo à sua frente não a assustou, ao contrário. Tárik era magnífico! Ombros largos, músculos retesados, nenhum grama de gordura sob a pele morena e lisa. Os olhos negros e astutos como os de um falcão, saboreando-a por antecipação.

Ele entrou na água, puxou-a para si e a fez acomodar-se com as costas apoiadas em seu peito.

— Vou lhe mostrar o que é a paixão, *habib*. Vou levá-la ao céu —

disse ele, beijando seus cabelos. — Serei cuidadoso — sussurrou —, ainda assim vai haver um pouco de dor, mas haverá muito mais prazer, confie em mim.

Ela se aconchegou e confiou.

Ele foi lento, muito lento!

Seu toque foi suave no início, leve como plumas suas mãos percorreram sua pele enquanto ele murmurava palavras eróticas em seu ouvido e mordiscava sua nuca como se quisesse despertá-la. Toques suaves, mais eróticos, que queimavam por onde passavam, despertando-a para o amor, mas gentis como se ela fosse feita do mais fino cristal.

Prudence sentia-se arrepiar, muito embora estivesse envolta pela água morna e pelo calor do corpo dele. Era excitante, suas entranhas se contorciam em antecipação, ela nunca poderia se imaginar desejando tanto algo desconhecido.

Então ele a virou, a boca ficou mais exigente, a língua tocando-a e sentindo seu sabor, os dentes mordiscando os mamilos intumescidos, seus dedos a penetrando e enlouquecendo. O toque se aprofundou, as mãos mais audazes a pegaram com mais força, invadiram pontos sensíveis e íntimos, ela se contorcia, gemidos escapavam de sua garganta, ela queria mais, queria tudo...

Puxando-a para si, frente a frente, ele a fez sentar-se em seu colo, as pernas rodeando seu quadril, os rostos próximos. Tirando os grampos que prendiam os cabelos dela, enfiou os dedos entre eles sentindo sua textura. Ela estava ofegante, os olhos vidrados, pronta!

— Olhe para mim — a ordem foi firme. — Quero vê-la derreter-se sob meu toque, descobrir a cor de seus olhos no momento do prazer... esse momento será só seu, teremos muitos outros juntos.

Levantando-a alguns centímetros, encaixou-se em sua intimidade e a fez deslizar, puxando-a para si, enterrando-se em seu âmago, saciando a fome que os devorava.

Prudence gemeu, a dor a rasgou! Ele a abraçou com força, imóvel, os seios perfeitos contra seu peito, seus lábios enxugando as lágrimas que apontaram brilhantes... Segundos depois começou a se movimentar, os dois corpos no mesmo ritmo como se fossem um só, a princípio devagar, os olhos fixos nos dela, sussurros eróticos a estimulando, sua língua procurando a dela... Pouco a pouco os olhos de Prudence foram demonstrando que o prazer substituía a dor.

Ele a manteve presa, olhos nos olhos, aumentando o ritmo, invadindo-a mais rápido, com mais força, mais fundo, até que uma explosão a dominou como se o céu da Arábia se derramasse sobre ela em milhões de estrelas cadentes, seu corpo se contorcendo em espasmos incontroláveis.

Ele a abraçou e aguardou que o momento passasse. Levantando-se carregou o corpo satisfeito e molhado para a cama, ela havia tido seu prazer, agora ele teria o dele. Surpresa, Prudence viu que ele ainda estava firme como uma rocha, deitando-a de costas ele recomeçou a acariciá-la de forma ainda mais ousada, com as mãos e a boca tocando-a de maneiras inimagináveis, fazendo-a tocá-lo da mesma forma! Os corpos se uniram novamente, explosões de prazer se sucedendo... e quando ele gritou seu nome, Prudence sentiu que seu príncipe lhe daria mais, muito mais! E teve certeza de que não poderia viver sem ele...

Ele ficou ao seu lado até que o sol rompeu o negrume da noite!

Como ela era bela em seu abandono, os cabelos espalhados sobre os lençóis, o corpo satisfeito e cansado, olhos fechados...

Seus olhos!

Ela não sabia, mas eles escureciam no momento do prazer, como chocolate líquido se derramaram cálidos sobre ele...

Afastando o lençol que a recobria, ele observou o corpo branco e perfeito. Não se fartava de olhá-la! Sem conseguir resistir deslizou o dedo pela pele pura, precisava sentir seu calor e se certificar que dessa vez não era um sonho...

— Hum — disse ela, os olhos sonolentos ainda envoltos nas brumas do sono. — Tárik?!

— Sim, *habib*...

— Nós fomos ao céu?

Rindo, ele a beijou suavemente na ponta do nariz e nas pálpebras ainda fechadas.

— Sim, habib, nós fomos...

— Leve-me novamente?

Ela não precisou pedir outra vez, com um gemido ele a enlaçou.

Capítulo 14

Blanche

— Prudence caminhou por entre as aleias de palmeiras e sentou-se num banco de pedra em frente a uma fonte de ladrilhos. A tarde estava linda, o suave murmúrio das águas convidava ao relaxamento.

Suspirando profundamente e sob os efeitos da noite mágica que vivera deixou que a paz a invadisse. Ela cedera a ele, mas não se arrependia! Tárik falara em paixão e desejo, mas o que ela sentia era amor! O ato físico apenas sacramentara o sentimento que dominava seu coração e alegrava sua alma.

— De que me adiantaria guardar a virtude e jamais vir a conhecer o amor? Ah, o céu da Arábia me mudou — disse ela, sorrindo, o olhar perdido na imensidão azul acima dela. — Ainda que ele jamais venha a me amar, ainda assim eu terei conhecido o amor, isso é o que eu sempre desejei, descobrir a força desse sentimento!

— Milady precisa de algo?

Surpresa, viu que Latifa se materializara ao seu lado.

— Não, Latifa, estou bem, apenas conversava comigo mesma — explicou Prudence, constrangida. — Eu estava pensando nas decisões que eu tomei, baseadas apenas em sentimentos.

Não adiantava tentar esconder. A velha senhora sabia que ela havia se entregado a Tárik na noite anterior. E ela nem mesmo estava envergonhada por Latifa conhecer seu segredo, ao contrário, seria bom ter com quem conversar. Jamais poderia mencionar o fato a Emily, pois a inglesa nunca entenderia sua decisão, ao contrário, ficaria chocada e a reprovaria veementemente.

— O amor é estranho — disse Latifa, sem preâmbulos —, aparece em momentos inesperados e muitas vezes sequer é compreendido. Feliz daquele que consegue percebê-lo entre as nuances da vida.

— Você tem razão, descobrir e viver o amor é uma dádiva. Eu sinto, no entanto, que você está tentando me dizer mais do que isso.

— Meu senhor paxá Tárik receia o amor, para ele é sinônimo de dor e sofrimento. Mas seu coração aparentemente frio e duro só precisa de um toque suave para despertar.

O olhar de Latifa era tão amigável e sua voz tão acalentadora que ela não conseguiu evitar, seus olhos transbordaram de lágrimas incontidas.

— Ah, Latifa, eu tenho medo de não conseguir tocar seu coração assim. Ele me pediu em casamento e eu disse não. Não posso me casar com ele!

— Posso perguntar por que não, milady?

— E se for apenas paixão o que ele sente? E se o fogo que mantém essa paixão no futuro se apagar? E se ele deixar de me desejar e escolher uma segunda esposa, ou uma terceira, mais jovem e mais bela... Eu não suportaria dividi-lo!

— Milady, no Oriente um homem pode se casar com mais de uma mulher, é nosso costume. E, ao contrário do que possa parecer, eles não o fazem apenas por luxúria ou paixão. Muitas vezes as razões são altruístas. Casam-se para proteger uma viúva, ou para conseguir o filho homem que uma primeira esposa não lhe deu e dessa forma assegurar a continuidade e proteção da própria família. Mulheres que não têm um homem que as proteja são lançadas à própria sorte e muitas vezes uma sorte cruel.

— Ainda assim, eu não suportaria dividi-lo, e se eu não puder lhe dar filhos?

— Milady, há algo que precisa saber. Paxá Tárik foi criado como um árabe, mas não como muçulmano. Essa foi uma decisão de lady Margueritte. Ela quis garantir a ele o direito de escolher a própria religião, afinal, existe tanto sangue inglês quanto árabe em suas veias. Ele nunca aprovou o costume de um homem manter mais de uma esposa, principalmente depois de ver o sofrimento que isso causou à sua mãe.

— Ele é um homem dividido não é, Latifa? Não é árabe e nem inglês, não é cristão e tampouco muçulmano, deseja-me, mas não consegue me amar.

— Talvez seja milady quem o ajudará a descobrir o próprio lugar.

— Eu tenho medo de arriscar-me e falhar.

— Lady Margueritte — disse Latifa, suavemente —, sentia falta de sua família e de sua terra, sentia-se triste por não poder compartilhar da vida do nosso amado califa em todos os momentos, odiava dividi-lo com outra esposa... mas eu jamais a ouvi reclamar da escolha que fez. Ela costumava me dizer *"Latifa, ainda que eu soubesse que passaria por tudo isso, ainda assim eu o escolheria novamente. O amor quando verdadeiro deve ser vivido em sua plenitude, e seu valor suplanta todas as dores"*.

— Ainda assim ela sofreu — disse Prudence.

— Milady ama paxá Tárik, não é mesmo? Eu percebi pela maneira como seus olhos sorriem quando fala seu nome.

— Sim, eu o amo, apaixonadamente.

— E não será sofrimento maior partir sem tentar? Um pouco de felicidade não será melhor do que nenhuma?

Prudence não disse nada, apenas abraçou a bondosa mulher. Ela havia conseguido a resposta que procurava!

— Nassif!

O curdo colocou seu falcão no poleiro de olhos vendados e inclinou-se diante da lady inglesa. A jovem chegava com o rosto afogueado, os olhos vagando à procura de algo ou de alguém...

— O que possa fazer por *Sayida*? — perguntou ele.

— Como vai? — perguntou ela gentilmente, surpreendendo o curdo com sua delicadeza. — Não nos vimos mais desde a tempestade!

— Vou bem. Vejo que *Sayida* também já se recuperou...

— Sim, estou bem. Obrigada. Nassif, preciso encontrar o príncipe Tárik. Informaram-me que a essa hora ele deve ter saído para cavalgar. Você o viu?

— Paxá Tárik foi cavalgar às margens do Tibre.

— Você me leva até lá? — perguntou Prudence, ansiosa. — Eu preciso falar com ele. Por favor!

Nassif olhou-a impassível por alguns segundos, como se estivesse analisando suas intenções. Então, a sombra de um sorriso lhe tomou o rosto barbado e chegou a seus olhos tornando-os calorosos. Com um aceno ele sinalizou que sim.

— Vou mandar atrelar uma liteira...

— Nassif! Você me conhece, acha que eu iria à procura de Tárik numa liteira? Vamos, mostre-me os animais que você tem aqui... rápido, por favor — disse Prudence, a ansiedade transparecendo na voz.

— Eu sei que animal selar para *Sayida* — disse o curdo, o sorriso ainda mais largo. — Fará um belo par ao lado de paxá Tárik e seu Kamal — e adentrou a estrebaria.

Em poucos minutos Nassif trouxe uma linda égua branca, apenas a cauda, orgulhosamente erguida, e o entorno do focinho apresentavam uma pelagem mais escura, acinzentada. O animal era imponente, seu porte digno de uma rainha.

— O nome dela é Blanche — disse o homem, com carinho.

— Olá, Blanche — cumprimentou Prudence, acariciando o focinho da égua. — Você me levará ao encontro do meu amor — sussurrou.

Eles atravessaram a cidade em direção ao sul onde, do lado de fora das muralhas, o rio Tibre corria livremente cercado por uma vegetação nativa e exuberante. Prudence respirou profundamente satisfeita e deu folga às rédeas. Atendendo ao desejo de sua condutora, Blanche disparou a meio galope seguida por Nassif.

— *Sayida* cavalga como uma *tuareg* — disse o curdo, num tom que pareceu a Prudence um elogio e não uma crítica. — Será uma boa companheira para paxá Tárik.

Surpresa pela perspicácia de Nassif, ela sorriu. O curdo já havia percebido que entre ela e Tárik havia uma relação muito mais forte do que um simples dever de proteção e obediência. Ela sentia curiosidade em saber o significado de *Sayida*, que era como Nassif a chamava. Não havia perguntado por medo de que fosse um tratamento depreciativo, mas o comentário positivo ao seu respeito a encorajou.

— Nassif, o que quer dizer *Sayida*? Por que você me trata assim?

— A tradução para o seu idioma seria *senhora*, mas na verdade significa muito mais do que isso. Usamos essa expressão quando nos dirigimos às mulheres que merecem respeito por uma razão especial — disse ele, gravemente. — Por sua coragem ou por sua força, por exemplo. É um tratamento dispensado a mulheres especiais.

— E por que eu mereço esse tratamento, Nassif? — perguntou Prudence lisonjeada, porém, surpreendida.

— Porque *Sayida* é a mulher que corajosamente mostrará a meu amo o seu lugar no mundo e o fará feliz.

Sem saber o que responder Prudence apenas confirmou com a cabeça, sim era necessário coragem, mas ela venceria a batalha e conquistaria o amor de seu príncipe.

— Lá está ele! — Nassif refreou seu animal e apontou um homem à distância cavalgando um cavalo negro. — Lá está paxá Tárik.

Prudence agradeceu-o com um sorriso, ousada e propositalmente soltou os cabelos e tocou os flancos de Blanche com os calcanhares. A égua disparou com elegância num galope rápido, levando-a ao encontro de seu destino.

Tárik estava pensativo, dessa vez nem mesmo cavalgar Kamal o havia acalmado. Ele ainda sentia nos lábios o gosto de Prudence, seu cheiro o impregnava, havia se entranhado nele, mas o que o assustava é que ele não desejava afastá-la. Sua fome não diminuíra, ao contrário!

— O que essa mulher fez comigo? — gritou para o vento. — Eu acreditei que quando saciasse meu desejo ela sairia de dentro de mim, contudo possuí-la só me fez desejá-la ainda mais. O que farei quando ela partir? Como vou poder...

Ele não concluiu a frase, a figura de uma mulher montando um belíssimo cavalo branco, cabelos soltos ao vento, veio a galope em sua direção! E ele entendeu que ela desistira de partir e que ele não precisaria aprender a viver sem a sua alegria. Bastaria ir ao seu encontro.

Ao longe Nassif gargalhou feliz! Enfim, seu amo encontrara seu lugar!

Capítulo 15

Um noivado real

— Temos que celebrar! — disse Bahman, um largo sorriso no rosto, abraçando o irmão com carinho.

Estavam todos novamente reunidos, dessa vez com a presença de Prudence, que havia acabado de comunicar que aceitara o pedido de casamento de Tárik.

— Fico feliz por você, minha irmã — disse Phillip, surpreso, porém aliviado, por ela ter mudado de opinião. — É uma decisão acertada — completou, relembrando o beijo que presenciara durante a festa de casamento.

— Pensei em fazermos uma festa para oficializar o noivado antes da partida da delegação inglesa — disse Tárik. — E já deixarmos nossos contratos de casamento ajustados. O que você acha, Phillip?

— Ainda não sei como faremos isso, mas eu gostaria de me casar na Inglaterra, na igrejinha da vila em *Freemont House,* com a presença de papai e mamãe, Priscila e Andrew, Beatrice e Elizabeth. Eu sei que viremos morar aqui, em *Al-Andalus*, e sinceramente eu gostarei disso, mas para mim será significativo casar-me na presença de minha família, na casa onde eu nasci e cresci.

Tárik olhou para ela, o brilho de seus olhos era tão intenso que ele se sentiu comovido.

— Já que é seu desejo, *habib*, vamos nos casar em *Freemont House*. Afinal há muitos anos você me convidou para ir até lá e eu jamais aceitei o convite — disse ele, relembrando a conversa que tiveram durante a festa de casamento de Priscila, em Londres. — Bahman, você poderia conversar com nosso pai? Espero que ele não tenha nada a se opor quanto a isso, e mais, que consiga comparecer.

Bahman e Phillip trocaram olhares e sorriram felizes. Era evidente que o casamento não seria consumado em prol de interesses do Estado ou para salvaguarda da honra... Prudence e Tárik estavam visivelmente apaixonados!

— Como manda a tradição e sendo seu irmão mais velho e herdeiro do trono falarei com ele em seu nome. Contudo, embora eu tenha certeza de que ele concordará com o casamento em *Freemont House*, sei que não abrirá mão de uma grande festa de noivado aqui em *Madinat al-Zahr*. Afinal, você é um príncipe e seu povo deve poder comemorar sua alegria.

— Eu ficarei muito feliz com isso — disse Prudence, atenta em observar e guardar as tradições da terra de seu futuro marido.

— Há muita coisa a ser acertada — continuou Bahman. — Um noivado real exige preparativos e não temos muito tempo. Quando a delegação inglesa deve partir?

— Em duas semanas, acompanhando uma grande caravana que segue para Damasco. Já está tudo organizado e Prudence naturalmente irá conosco — disse Phillip, num tom que não admitia controvérsias. — Eu falarei com meu pai em seu nome, Tárik, se você não puder nos acompanhar agora.

Por um momento, um breve constrangimento reinou. Por mais que desejasse, Prudence não contestou a decisão do irmão. Ela sabia que ele estava certo, ela precisava voltar para casa e Tárik deveria decidir se a acompanharia ou não. Se ele se negasse a ir por tanto tempo à Inglaterra seria um indício de que seu país se tornaria um lugar muito distante e inacessível após o casamento. Com o coração sobressaltado aguardou.

— Acredito que não poderei partir com vocês, há assuntos que devo deixar em ordem antes de ir à Inglaterra e duas semanas não serão suficientes. Mas tampouco seguirei com a comitiva que levará minha família, sim porque eu espero que todos possam ir, eu também desejo me casar na presença de minha família.

— Eu não deixaria de estar lá de forma alguma, meu irmão — interrompeu-o Bahman —, até porque será maravilhoso rever *Freemont House* em outra noite festiva, embora eu espere que dessa vez nenhum anjo caia do céu sobre mim.

Nenhum deles entendeu o comentário ou a gargalhada alegre que se seguiu. Apenas Prudence sentiu seus olhos marejarem e sorriu com carinho para o amigo, emocionada pela lembrança que ele invocou. Se ela sequer pudesse imaginar que aquele tombo teria tantas consequências anos depois!

— Eu irei encontrá-la assim que puder e pedirei sua mão pessoalmente a seu pai, *habib* — tranquilizou-a Tárik, tocando seus cabelos com as mãos. — E agora que somos noivos — continuou ele —, prenda os cabelos, por favor! Eu não suporto saber que outro homem pode vê-los —, confessou nos ouvidos dela.

Bahman olhou o irmão, ainda que seu orgulho não lhe permitisse admitir, Tárik estava visível e completamente apaixonado, a felicidade transbordava de seus olhos. Ele sabia que não poderia existir uma jovem melhor do que Prudence para ser o centro desse amor, o irmão seria feliz ao lado dela. Sherazade conseguira, mais uma vez.

Elas estavam nos aposentos particulares da princesa Layla, uma sala imensa e ricamente decorada, cujas portas e janelas se abriam para um jardim privado onde palmeiras circundavam uma linda fonte. Era um local bonito e tranquilo.

Com a ajuda de Latifa como intérprete, Layla e Prudence conversavam na presença de Emily e de várias damas de companhia, sobre detalhes da festa de noivado e do traje que a noiva deveria usar.

Em cima das mesas havia peças de seda, damascos rebordados, musselines transparentes, pedrarias... uma infinidade de maravilhas. Prudence havia decidido honrar seu noivo e o país que a adotaria usando um traje oriental e Layla a estava ajudando a escolher. As opções e a diversidade eram tantas e tão belas que ela simplesmente não sabia que decisão tomar. Ora optava por um, ora por outro, sem conseguir decidir-se.

As mulheres comiam amêndoas confeitadas e tagarelavam rapidamente naquela língua ainda incompreensível, as pulseiras coloridas tilintando em seus braços morenos, olhos escuros fortemente delineados por kajal, sorrisos amigáveis. Muitas queriam chamar a atenção de Prudence, mostrando uma peça de tecido ou um véu. Ela se sentia um tanto atordoada, mas feliz.

Com cuidado, Layla puxou uma peça de seda de debaixo de uma pilha de outros tecidos e a aproximou do rosto de Prudence. Com um sinal afirmativo, ela sorriu certa de que havia encontrado o que procurava e indicou o enorme espelho à frente delas.

A seda cor de ouro era rebordada com finíssimos fios desse metal, e trouxe um brilho único à pele e aos olhos de Prudence. Havia uma musseline no tom exato, perfeita para a *shayla* que deveria complementar o traje, e Latifa a aproximou de seus cabelos. Para ver melhor o efeito, ela os soltou por um momento, os fios castanhos ganharam vida!

— Sim, você tem razão, minha irmã de coração — disse Prudence, sendo imediatamente traduzida por Latifa —, esse é perfeito!

Layla fez um sinal a uma das jovens que a rodeavam e pediu alguma coisa. Em minutos, a moça lhe trouxe uma caixa de ébano com a tampa toda trabalhada em prata. A princesa procurou algo em seu interior e, ao encontrar, sorriu satisfeita.

Era um belo trabalho de ourivesaria, uma espécie de tiara flexível em filigrana de ouro, muito leve e delicada, com um enorme topázio amarelo incrustado. Com cuidado, a princesa prendeu o véu de Prudence sob ela, posicionando a joia no local onde deveria ser usada. A peça se derramava como renda delicada do alto da cabeça até a testa, a pedra preciosa em destaque.

— *Rayie*! — exclamou Layla, aplaudindo e falando em árabe

— A princesa disse que ficou perfeito, milady! — traduziu Latifa.

— É lindo, mas eu não posso aceitar usar algo assim, deve ser caríssimo e raro, se eu a perder não saberei como repor — disse Prudence, retirando a joia e estendendo-a para Layla que a ouvia com os olhos arregalados, sem entender o gesto.

Latifa repetiu as palavras em árabe e a princesa abriu um enorme sorriso. Pegando Prudence pela mão, levou-a até a frente do espelho e recolocou a joia e o véu para que ela pudesse admirar o resultado.

— É um presente, milady, pelo noivado!

— Mas eu não posso aceitar!

— Deve aceitar, será uma afronta se não o fizer — continuou Latifa. — A princesa disse que serão irmãs a partir de agora e que milady também será uma princesa, e como tal deve usar joias como essa. Disse que irá receber muitas de presente, mas que ela faz questão de ser a primeira a presenteá-la.

Prudence entendeu que situações assim fariam parte de sua

vida futura, feliz sinalizou com a cabeça que aceitava e abraçou a princesa com carinho.

— Você ficará maravilhosa — disse Emily, em choque sob o impacto da notícia do noivado. Ela ainda não conseguira se acostumar com a ideia de que Prudence se casaria com um árabe e viria a viver naquele país. Sim, ela sempre gostara de aventuras, mas casar com um bárbaro... era aventura em excesso! Será que a amiga conseguiria que lhe fizessem uma boa comida inglesa ali na Arábia?, pensou a inglesa ensimesmada em seus pensamentos, como se comida inglesa fosse mesmo algo indispensável.

— Há mais uma coisa que eu gostaria de lhe pedir — disse Prudence, aproximando-se de Layla e falando baixinho como se estivesse envergonhada —, mas é um pedido que deve ficar em segredo entre nós. Você, e você também Latifa, devem me prometer que não contarão a Tárik.

Apreensiva, Latifa sinalizou com a cabeça e aproximou o ouvido da boca de Prudence. Ao escutar não pôde reprimir um sorriso de satisfação! E quando repassou o pedido à princesa, Layla novamente bateu palmas manifestando sua satisfação e entusiasmo pela ideia.

Chamando as mulheres ela lhes ordenou algo, imediatamente uma delas foi buscar uma cítara e começou a tocar. Outra puxou Prudence pela mão e sinalizou que ela deveria tirar os sapatos, em instantes ela havia conseguido várias professoras que se esforçaram para ensinar-lhe os passos principais das danças árabes.

Rindo, enquanto tentava segui-las, Prudence observou o ambiente ao seu redor, as mulheres alegres, as joias cintilantes, a música... suspirando ela sentiu que seria feliz junto a elas!

Novamente, uma grande e luxuosa festa fora organizada, dessa vez não um casamento, mas um noivado real. Como na recepção anterior, o salão do palácio encontrava-se iluminado por centenas de velas, músicos tocavam cítara e outros instrumentos estranhos, iguarias eram servidas. Embora com pouca antecedência, nada havia sido poupado para que a festa fosse grandiosa.

Tárik, próximo a seu pai, aguardava a chegada da noiva, que viria acompanhada de seu irmão e da comitiva de seu país. Ele sabia que ela estaria bela, mas não estava de forma alguma preparado para o espetáculo que se apresentou a seus olhos.

O arauto anunciou a chegada da delegação inglesa.

Lorde e lady Ravagnani entraram sozinhos e prestaram seus respeitos ao califa, em seguida a guarda inglesa, em seus uniformes de gala, se perfilou e apresentou as armas, formando um corredor para a passagem de Prudence.

Phillip, elegante e orgulhoso, entrou trazendo sua irmã pelo braço.

Para surpresa de Tárik e dos convidados, Prudence vestia um traje oriental trabalhado em fios de ouro, o rosto e os cabelos cobertos pelo véu, visíveis apenas seus olhos destacados por kajal, felinos e brilhantes. Bahman sorriu ao ver a satisfação que vislumbrou nos olhos do pai, o califa. A sensibilidade de Prudence em procurar agradá-lo e ao povo de *Al-Andalus*, respeitando seus costumes e usando um traje apropriado às noivas árabes, confirmava o que ele sempre soubera a respeito da jovem. Sua amiga era uma moça de rara sensibilidade, que realmente apreciava a história e as tradições do Oriente, seu interesse sempre fora verdadeiro. Ela faria Tárik feliz!

O semblante de Tárik denunciava seu orgulho e felicidade pelo comportamento de sua noiva, uma declaração pública da importância que ele, seu povo e suas tradições tinham para ela. Ela seria uma excelente embaixadora da Arábia junto a seu pai, tinha certeza disso, sua decisão de pedi-la em casamento seria realmente benéfica a seu reino.

Tolo, pensou sobre si mesmo enquanto ela caminhava majestosa em sua direção, *confesse*! *Não são mais razões de Estado que justificam esse casamento, na verdade você não conseguiria mais viver sem ela!*

Ele deu o braço à futura esposa e juntos passaram a receber os cumprimentos e os presentes dos súditos e convidados. O clima era de completa alegria!

Uma noite maravilhosa, pensou Prudence, que seria perfeita se meus pais e Priscila estivessem aqui também. *Em breve estaremos todos juntos e eu verei meu sonho de amor se realizar na pequena capela de Freemont House...*

Músicos chegaram ao centro do salão, dançarinas com roupas ainda mais exóticas iriam se apresentar.

— Vamos assistir — pediu Prudence, animada.

— Você se interessa por dança também, *habib*?

— Ora, talvez! Não tenho a graça e a leveza das mulheres árabes, mas acho os passos maravilhosos e adoraria conseguir repeti-los. Só não consigo imaginar como elas podem movimentar o corpo na forma como o fazem!

— Quem disse que você não tem graça e leveza? — indagou Tárik, com um sorriso zombeteiro. — Que eu me lembre você foi bastante graciosa dançando. Sem muita técnica, é verdade, mas com muita... sensualidade — disse ele baixinho em seu ouvido.

— Mas como você me viu? — perguntou ela corada, imaginando que ele a tivesse visto quando as damas da princesa Layla a tinham ensinado.

— Pela janela da hospedaria em Damasco — disse ele. — Jamais vou me esquecer da sua graça, com a *shayla* azul e prata, os enormes brincos de lápis-lazúli tilintando nas orelhas... você me enfeitiçou ali.

— Nunca imaginei que pudesse haver alguém me olhando — disse ela, assombrada!

— Eu já a estava vigiando... e a partir dali você não me deixou mais em paz, nem em meus sonhos. Eu só pensava em tirar suas roupas para tocar sua pele...

— Hum, por favor, Tárik — disse ela, sentindo a pele do rosto queimar —, todos vão notar meu rubor!

— Você fica ainda mais bela com a pele corada — sussurrou ele, olhando-a nos olhos de forma sedutora.

A música aumentou de intensidade anunciando que bailarinas iriam apresentar-se em homenagem aos noivos. Bahman, Layla e Phillip juntaram-se a eles e acomodaram-se em um dos divãs.

Prudence notou que o irmão estava desatento, o olhar perdido, certamente saudoso de Elizabeth e Bea. Eu não sei como suportaria estar no lugar dele. *Ficar por tanto tempo distante do lar, da esposa e da filha não é algo fácil, não quando se ama a família*, pensou ela.

Vendo que a irmã o observava, Phillip lhe deu um sorriso melancólico. Mas quase que de imediato ele afastou a expressão do rosto e assumiu uma postura formal, observando as mulheres que nesse momento entravam no salão com trajes que chamavam a atenção pelo colorido, riqueza, mas também pela exiguidade.

Para um certo espanto dos ingleses as dançarinas usavam roupas muito bordadas, mas que deixavam a pele da cintura exposta. Em movimentos ondulatórios e batidos de quadril iniciaram o espetáculo movimentando-se com graça.

— É impressionante como elas conseguem ter tanta maleabilidade — disse Prudence, encantada. — Dançar assim é uma arte.

— Sim — respondeu Bahman —, é uma arte muito apreciada no Oriente. As dançarinas profissionais iniciam seu treinamento desde muito cedo, ainda crianças. Quando têm talento são regiamente recompensadas por suas apresentações. Essa dança chama-se dança do ventre — explicou ele —, e embora pareça exibir o corpo da mulher de forma indecente, ela tem um significado muito belo.

— E qual é, Bahman? — perguntou ela, os olhos brilhando de curiosidade.

— Vejo que sua curiosidade em relação a nossa cultura não diminuiu com os anos, minha amiga — gracejou o príncipe. — Pois bem, é um ritual que surgiu no Egito Antigo para reverenciar a fertilidade e celebrar a vida. É uma dança ritualística, e no decorrer dos anos passou por várias alterações, mas manteve seu sentido. Aqui em *Al-Andalus* é dançada em casamentos ou noivados como forma de desejar que o casal seja abençoado por muitos filhos.

— Essa forma de reverenciar de forma natural os fatos simples e importantes da vida me encanta em sua terra.

— Agora essa terra será sua também — disse-lhe Tárik, baixinho, interrompendo o irmão.

— Sim, meu querido, e fico feliz com isso.

A dança continuava, as bailarinas movimentando o corpo de uma forma que para Prudence parecia algo impossível de ser feito.

— Elas devem treinar durante anos para conseguir esse efeito. Apenas bailarinas profissionais dançam assim? — perguntou ela, confusa.

— Não, todas as jovens treinam e aprendem alguns passos. A dança é muito apreciada por todos, mas as esposas somente se apresentam no recesso do lar, para os olhos de seus maridos! É um prazer destinado apenas a eles — disse Tárik.

E, baixando o tom de voz para que apenas ela pudesse ouvi-lo, murmurou enquanto passava discretamente a ponta do dedo indicador na parte interna do pulso de Prudence:

— Já que mencionei prazer, saiba que não vou suportar esperar até estarmos casados para tê-la novamente em meus braços.

Ela sentiu a nuca se arrepiar em antecipação, mas manteve-se firme, atenta à apresentação. O ritmo da música crescia de intensidade e com ele os volteios e requebros das bailarinas, quando inesperadamente todas se afastaram abrindo espaço no centro do salão. Apreensiva, Prudence viu que a mesma mulher que havia sido o centro das atenções no casamento de Bahman se posicionava.

A música mudou de ritmo, tornou-se mais sombria com um toque de mistério e suspense. A dançarina começou sua performance com os olhos fixos em Tárik, após alguns instantes retirou de entre as roupas um punhal. Seu corpo se contorcia e ela simulava movimentos de luta com a arma até que a prendeu entre os dentes numa dança forte, carregada de sentimentos e bem expressiva.

Era evidente que a mulher não era uma estranha, de forma ousada e provocativa ela dançou evidentemente para ele, aproximando-se cada vez mais, os quadris em movimentos insinuantes, os braços erguidos acima da cabeça, a arma entre os dentes, os cabelos despudoradamente soltos. Era um balé sedutor que cresceu com o ritmo da música culminando com a jovem aos pés do príncipe no que parecia ser um apelo sensual.

Tárik manteve-se impassível, nenhum músculo se alterou em seu rosto, nenhuma expressão de satisfação durante toda a exibição. A dança terminou e a mulher se afastou do centro do salão, não sem antes lançar um olhar rancoroso para Prudence. Suas tentativas de sedução não encontraram eco no príncipe.

— Você a conhece? — perguntou Prudence, sem precisar especificar a quem estava se referindo.

— Sim, ela é uma bailarina muito famosa, eu já a vi dançar muitas vezes — respondeu ele.

— É natural que você a conheça dessa forma, afinal ela dança nas festas aqui no palácio. Contudo o que quero saber é se a conhece de forma... particular? Não me julgue mal, não pretendo ser invasiva, mas ela parece ser alguém muito íntima pela forma como dançou e como o olhou.

— Eu jamais a afrontaria, Prudence. Não tenho interesse em outras mulheres e não ofenderia minha futura esposa mantendo relacionamentos na corte. O que houve com ela se encerrou quando você se tornou minha e aceitou meu pedido de casamento. Você me satisfaz e me completa! Ela foi um momento em minha vida e já faz parte do passado, você é uma vida inteira e meu futuro.

Ela o olhou longamente, como se quisesse ler em seu íntimo, então apenas sorriu e tocou sua mão com carinho. O gesto transmitia toda a confiança que depositava nele, a ponto de lhe entregar o destino de sua vida.

— Eu acredito em você — disse ela, baixinho —, acredito que serei única e que você me amará... por muito mais do que mil e uma noites — disse, sorrindo.

Suavemente ele tocou seus lábios num beijo que prometia as delícias que a esperavam quando ele a tomasse nos braços na intimidade.

— Venha —, disse ele —, vamos sair daqui.

— Nós não podemos... é nossa festa!

— Sim, é nossa festa por isso podemos... tudo.

Um grupo de contorcionistas e mágicos substituiu as dançarinas mantendo a atenção dos convidados, o que lhes possibilitou escapar discretamente até o jardim.

A noite estava linda, fresca e perfumada, a enorme lua derramava seu brilho prateado sobre as palmeiras do jardim. Puxando-a pela mão, Tárik se embrenhou por entre os caminhos até um local isolado onde, sob uma espécie de pergolado, fora instalado um grande divã de junco trançado, coberto por almofadas. Um tocheiro aceso iluminava o local com parcimônia e Prudence percebeu que ali as flores existiam em profusão.

— Que lugar lindo! — disse ela, admirada.

— Era o recanto preferido de minha mãe. Ela sentia falta das flores dos jardins ingleses e mandou plantar aqui essas que suportam o clima e o solo da Arábia — disse Tárik. — Essa se chama *white broom* — explicou ele, apontando para um arbusto de ramos finos e flexíveis que iam do verde prateado ao verde escuro, no qual despontavam lindas flores brancas. Minha mãe as chamava de valentes, porque florescem abundantemente no deserto mesmo que suas raízes tenham que penetrar no solo a uma profundidade de até vinte metros para encontrar água.

— São realmente valentes — disse Prudence, impressionada.

— Essa outra é a rosa *abyssinica*, a rosa do deserto — disse ele, colhendo um linda flor e entregando-a a Prudence. — Sinta seu perfume.

— Nunca o imaginei um conhecedor de flores — disse Prudence, aspirando o aroma da flor.

— Há muito sobre mim que você desconhece, mas que eu pretendo lhe mostrar — disse ele, reclinando-a sobre as almofadas e tomando seus lábios num beijo suave.

As mãos antes delicadas se tornaram ávidas, percorrendo seu corpo coberto pela seda dourada. A boca mais exigente forçou a dela a se abrir e permitir que a língua a invadisse numa exploração deliciosa.

Em meio ao beijo alucinante Prudence abriu os olhos e viu o

firmamento, um milhão de estrelas a observavam e ela sentiu-se a mais poderosa das mulheres quando ele a despiu e a expôs aos deuses e a seus próprios olhos.

E quando se uniram como um só corpo ela consagrou seu amor aos céus e às estrelas.

Capítulo 16

Samira

Tárik apagou a maioria das velas e lamparinas, deixando apenas umas poucas lançando sua luz difusa no quarto. Ele dispensara todos os criados, sentia necessidade de ficar só. Sabia que não conseguiria dormir, seu corpo palpitava pelo dela. Haviam estado juntos até há pouco, mas ainda assim ele sentia sua falta.

Amá-la apenas, senti-la alcançar o cume do prazer, derramar-se nela, não mais o satisfazia. Ele a queria ali, dormindo satisfeita a seu lado por toda a noite, melhor, por toda a vida. Mas até que o casamento se realizasse isso seria impossível, teriam que contentar-se com momentos roubados como os daquela noite no jardim. Não poderia desonrá-la deixando que todos soubessem que ele não respeitara sua virtude.

Usando apenas uma calça de algodão branca e larga, ele foi até o terraço.

— Ah, Prudence, o que você fez comigo? O que há em seu olhos, em seus cabelos e em seu sorriso que fazem com que eu decida mover montanhas e enfrentar tempestades apenas para tê-la a meu lado?

Um barulho chamou a sua atenção, alguém obviamente entrara no quarto. Um vulto envolto nos lençóis de sua cama despertou suas suspeitas e ao mesmo tempo suas esperanças. Ele o descobriu com o coração aos pulos...

— Samira! O que você faz aqui?

Surpreso, Tárik se viu rodeado pelos braços da dançarina que, completamente nua, circundava seu pescoço puxando-o para si.

— Solte-me — disse ele, procurando afastá-la com cuidado para não machucá-la.

A jovem lhe provocava pena e sua insistência em manter a relação era desonrosa. Ele nunca a enganara, o que havia entre eles era uma relação benéfica para ambos, mas não era exatamente uma relação romântica. Ele gozava da companhia e das atenções da dançarina, ela recebia belos presentes e usufruía a vantagem de poder frequentar o palácio e dançar para os nobres, o que lhe garantia excelentes ganhos. Há alguns dias ele havia enviado Nassif com uma bela joia, um presente de despedida, e cancelara ordem anterior que a autorizava a vir até a ala privada e a seus aposentos.

— O que ela estava fazendo aqui? Como você conseguiu entrar?

— Meu senhor, Samira ainda tem seus recursos... e seus encantos — disse ela de forma sedutora, colando o corpo ao dele e tentando alcançar-lhe a boca.

Mais uma vez ele tentou se desvencilhar sem machucá-la, mas ela não o soltava insistindo em beijá-lo. Enojado pela insistência, ele afastou-a de forma rude e firme.

— Meu amado está me rejeitando — disse a mulher com um olhar raivoso.

— Não. Eu estou encerrando um relacionamento que nem mesmo deveria ter durando o tempo que durou. Nunca a enganei, Samira. Nossa relação sempre foi impessoal, apenas momentos de prazer para ambos, espero.

— Foi a inglesa...

— Não se atreva a falar de minha noiva — disse o príncipe com voz firme. — E agora saia de meu quarto — disse ele, atirando-lhe uma capa. — Guardas, chamou, abrindo as portas —, escoltem-na até fora do palácio e não permitam que volte.

A penumbra não lhe permitiu perceber o olhar de ódio que ela lhe lançou.

O sol não havia despontado e a cidade ainda estava vazia, em breve os comerciantes começariam a trazer suas mercadorias, ao passo que os pastores levariam suas cabras em direção aos campos. Os cafés abririam, vendedores de chá circulariam e as ruas ganhariam vida. Por enquanto, o silêncio imperava!

A mulher caminhava por uma ruela estreita e escura em direção aos arrabaldes; seguia embuçada num manto, o rosto coberto pelo véu, muito embora fosse difícil que, depois de tantos anos e tantas mudanças, alguém a reconhecesse por ali.

Há muito se afastara daquele bairro miserável e de seus monturos de lixo, desde que sua dança a levara para casas mais nobres e ricos salões. Com nojo, viu uma enorme ratazana à sua frente, os olhinhos brilhantes e os dentinhos pontiagudos à mostra. Abaixou-se, pegou uma pedra e jogou-a no animal que correu guinchando; ela apertou ainda mais o manto sobre o corpo como se ele pudesse se transformar numa capa de proteção.

A longa caminhada a levou ao local que procurava: a choupana mais parecia um chiqueiro para porcos do que uma casa. Batendo à porta baixa e bastante avariada pelo tempo e falta de cuidados, ela aguardou. O grito em seu interior foi a resposta que esperava, empurrou-a e entrou abaixando a cabeça para não acertar o batente.

O interior estava quente e abafado, o cheiro azedo de urina e excremento de cabra permeava o ambiente. Um bicho passou rente às suas pernas escapando pela porta e ela imaginou que fosse um cão. Apertando um lenço sobre o nariz tentou enxergar a pessoa que gritara, mas seus olhos demoraram um pouco para se acostumar ao ambiente mais escuro que o exterior. Foi a velha que a reconheceu primeiro.

— Ora, ora... a princesa, enfim, veio até os porcos — disse ela, com ironia e malevolência. — O que foi? Sua beleza se acabou? Já não a querem mais dançando no palácio?

A menção ao palácio fez Samira espumar de ódio, e ela lembrou-se do motivo que a fizera voltar àquele lugar imundo.

— Ainda sou bela, sua bruxa, mas você tem razão, não me querem mais dançando no palácio, e tudo isso por causa de uma infiel maldita! Uma estrangeira que enfeitiçou meu príncipe.

A gargalhada da velha desdentada ecoou pelo local.

— Ah, Samira, você não imagina como fico feliz com isso, enfim você experimentou um pouco de seu próprio veneno... ele a repudiou e descartou quando algo melhor surgiu! Fez com você o mesmo que você fez comigo! *Allah* é grande, saudou em agradecimento, minhas preces foram atendidas.

Samira ficou tentada a chutar a velha até deixá-la inconsciente no chão, mas ela odiava Prudence até mais do que odiava a velha bruxa. Além disso, para vingar-se e ainda conseguir seu príncipe de volta, precisaria de ajuda. Em vez de chutá-la, perguntou:

— Onde ele está?

A menção a uma terceira pessoa fez os olhos remelentos da velha automaticamente se dirigirem para os fundos da choupana, onde um tecido puído separava o que deveria ser um quarto.

Percebendo o movimento, Samira chamou em voz baixa:

— Yussef?

Momentos depois um homem de feições embrutecidas afastou o tecido e veio em sua direção. Não disse uma palavra, apenas manteve o olhar turvo em Samira.

— Tenho uma informação que pode ser útil a nosso amo Abdullamid — disse ela —, uma informação que o fará cair nas graças dele e ainda poderá lhe render um bom dinheiro.

— O que você sabe? — perguntou o homem, o brilho da cobiça brilhando em seus olhos. Era um otomano, ladrão e assassino que matava por dinheiro e encomenda, e também era um fiel seguidor e informante do sultão.

— A meretriz inglesa que se tornou noiva do príncipe Tárik vai partir em breve de *Al-Andalus*, mas seguirá protegida em uma caravana.

— Você não me conta nenhuma novidade, as tentativas de sequestrá-la falharam por isso.

— Não aconteceria de novo se vocês tentassem pegá-la no palácio, onde ela se sente segura e as medidas de proteção são menos severas.

— Está louca. Não temos chance de entrar, menos ainda de nos aproximar dela.

— Não tinham, mas agora eu vou ajudá-los. Eu posso colocar você lá dentro, há alguns lugares por onde ela circula que, se ficarmos atentos, pode ser surpreendida sozinha.

— O que você ganha com isso? — perguntou o homem, com desconfiança.

— Você ganha — disse ela —, eu me vingo!

Puxando um saco de dentro da túnica ela o jogou para ele, as moedas tilintaram ao bater no chão poeirento. — Acredito que o sultão não se interessará mais por mercadoria usada, a infiel já se deitou com o príncipe, não é mais virgem. Mas qualquer coisa que promova discórdia entre o califa e a Inglaterra será de seu agrado, independente do que aconteça com ela.

— E o que você quer exatamente?

— Quero que você lhe corte o pescoço. Pode se divertir à vontade com sua carne branca, mas mate-a depois. E eu quero assistir — disse ela, maquiavélica. — O que há no saco é a metade do que receberá. Quando completar o trabalho lhe entregarei a outra metade.

— Você não mudou nada, irmãzinha — disse o homem, com um sorriso cínico que deixava à mostra os dentes desgastados e amarelados.

— Nunca me esqueço de quem me serve bem, muito menos de quem me trai...

E com essas palavras, deu as costas para os dois e saiu da choupana, afastando-se enojada.

Capítulo 17

A vingança de Samira

— Minha querida, você precisa se alimentar, sei que essa comida árabe não é agradável, embora pareça apetitosa num primeiro momento. Eu também não vejo a hora de saborear uma bela e saborosa torta de rins ou um pudim de Yorkshire, mas enquanto não chegamos em casa... vamos, insistiu Emily, experimente as tâmaras, estão doces.

Prudence sorriu e aceitou a fruta, principalmente para fazer com que a amiga se calasse. Com o decorrer do tempo, o entusiasmo da inglesa por aventura estava se esgotando, e agora tudo o que via ou conhecia, ao contrário de entusiasmá-la, lhe provocava comentários não muito lisonjeiros.

— Venha — disse Prudence, chamando Emily —, vamos até as estrebarias. Podemos pedir para que selem cavalos e ir até a beira do rio, ainda temos umas duas horas de sol. Tenho vontade de cavalgar novamente, estou cansada de ficar inativa. E gostaria de mostrar a você um lindo local que conheci com Tárik há alguns dias.

— Você está maluca? — perguntou Emily, assustada —, não podemos fazer isso. Devemos esperar que Phillip ou Alfred nos acompanhem, mas eles estão ocupados desde essa manhã tratando de assuntos da Coroa, acho até que nessa tarde teriam uma audiência com o califa! Você sabe que não devemos sair sem escolta, é perigoso nos misturarmos com esses bárbaros!

— Ora Emily, não se esqueça de que eu vou me casar com um deles, e que esse será também meu povo um dia — respondeu Prudence, furiosa com a maneira com que a amiga insistia em tratar os súditos de Bahman. — Será que um dia eu serei chamada de *bárbara* também? A filha de um duque, um dos pares mais antigos do reino da Inglaterra, será considerada uma bárbara quando se casar com Tárik Al Kaled, filho de um califa e neto do conde de Sussex? — perguntou rindo da ironia.

— Naturalmente que não — respondeu Emily, confusa —, mas você não é como eles, você é inglesa — complementou a lady, como se o local de nascimento definisse quem Prudence seria por toda a vida.

— Bem, talvez seja melhor que você fique aqui degustando suas tâmaras, eu vou cavalgar, e realmente acho que prefiro ir só. Devo aproveitar meus últimos dias, em breve partiremos e eu sentirei saudades — disse para a amiga que, incrédula, apenas abanou a cabeça.

Caminhando decididamente, Prudence passou pelos guardas da porta lateral e atravessou o pátio em direção às cocheiras. Nassif deveria estar lá, se não certamente algum cavalariço a ajudaria a selar Blanche. Tárik havia lhe dado a égua como presente de noivado, quando percebeu que ela se encantara pelo animal. Ela adorara!

— Ah, como as roupas árabes são mais adequadas a esse clima — resmungou, quando as saias se enrolaram em suas pernas. — Essas saias amplas e esse chapéu minúsculo que não serve para nada sob esse sol escaldante... Ridículos! Uma túnica e a *abaya* protegem muito mais e melhor, não sei por que Phillip insiste em que eu continue a usar roupas ocidentais — disse, enquanto se encaminhava à procura de Nassif .

Prudence falava sozinha e esquadrinhava o local à procura do curdo, quando notou um árabe todo vestido de negro e com o rosto coberto encarando-a a alguns metros. Mesmo de longe ela percebeu que os olhos do homem, visíveis pela fenda do turbante, a acompanhavam. Num primeiro momento pensou em voltar e procurar por Tárik ou Phillip, mas rejeitou a ideia.

— Ora, estou me deixando contaminar pelos receios de Emily! Em breve esse será meu lar definitivamente, e eu não poderei viver com medo. Devo me acostumar e eles — disse olhando as pessoas à sua volta — devem se acostumar comigo.

Nassif não estava ali, mas havia um garoto escovando os cavalos. Com sinais ela procurou se fazer entender, mas diante da expressão de espanto do garoto, foi ela mesma buscar a sela para ajustá-la sobre o dorso da égua.

— Shhh! — fez para Blanche, assoprando seu focinho com carinho como aprendera a fazer com os potros em *Freemont House*. — Você é linda, menina! Isso. Deixe-me ajustar aqui!

Com cuidado, colocou o bridão, selou o animal e, feliz, montou-o sem notar o homem que a espreitava.

Ia apertar os calcanhares no flanco da égua para que ela partisse quando o garoto árabe surgiu à sua frente falando em árabe fazendo sinais com as mãos. Ele indicava alguma coisa, mas ela não entendeu o que ele tentava lhe dizer.

Por um momento ela ficou indecisa, como se algo a estivesse advertindo para não sair sem escolta ou um acompanhante, mas ela sacudiu a cabeça e ignorou sua intuição, assim como ignorou os sinais do garoto. *Provavelmente ele está preocupado porque eu mesma selei a égua,* pensou, *talvez com a possibilidade de que eu tenha ajustado mal as correias. Mal sabe que faço isso sozinha desde os doze anos de idade.*

Firmando os calcanhares soltou as rédeas. A égua, feliz por se ver fora da estrebaria, avançou num trote feliz. A tarde estava findando, o sol mais ameno tingia as areias e as torres do palácio ao longe de um tom avermelhado. Elas deixaram os muros da cidade e Prudence, suspirando feliz, deu folga às rédeas, deixando que Blanche ganhasse o espaço num galope livre em direção à beira do rio. O local era bonito, ali a vegetação ganhava uma coloração mais verde, as tamareiras frutificavam, e as moitas de rosa do deserto estavam repletas de flores.

Ela desmontou e deixou que o animal bebesse um pouco, ainda que o sol estivesse se pondo, o calor do dia persistia. Suspirando recostou-se no tronco da palmeira, ainda haveria luz por mais uma hora e ela estava a minutos dos portões da cidade, poderia se dar ao luxo de ficar ali por alguns instantes.

Embevecida, ela não prestou atenção ao sujeito que se escondia entre as moitas de papiro, por isso, foi surpreendida quando ele se colocou à sua frente. Era o mesmo homem vestido de negro que vira encostado nas proximidades do estábulo.

Assustada, tentou montar, mas ele segurou as rédeas antes que ela conseguisse partir. Prudence chutou e se debateu, ia conseguir escapar, porém, alguém se aproximou pelo outro lado e agarrou suas saias. Assustada ela virou-se e percebeu que era a dançarina. Samira puxou-a com força e a derrubou da sela, enfiando-lhe um pano imundo na boca enquanto, um pouco zonza, ela tentava levantar-se.

Rapidamente, eles amarraram suas mãos às costas. Aterrorizada, ela ouvia o diálogo entre eles, enquanto era arrastada, semi-sufocada e aos tropeções.

— Tire-a daqui — gritava a mulher, histérica. — Leve-a mais para cima do rio, aqui alguém pode nos ver. Vamos rápido, leve-a mais para cima e corte-lhe a cabeça.

— Não, ainda não — disse o homem —, você disse que eu poderia me divertir antes disso, faz parte de meu pagamento. Depois eu corto a cabeça e mando num saco de presente para os ingleses — disse, gargalhando. — Quero ver como o califa vai se explicar! Meu senhor Abdullamid ficará muito satisfeito!

Prudence chutava e tentava se desvencilhar, mas eles a arrastaram por vários metros. O sol estava se pondo rapidamente agora, o homem a jogou ao chão, escondendo-a atrás de uma moita e se aproximou, o hálito podre em seu rosto, as mãos imundas segurando-lhe a cabeça.

— Agora vamos nos divertir um pouquinho, e por *Allah* eu vou fazê-la sentir o que é um homem de verdade.

Apavorada, ela percebeu as intenções dele e olhou em súplica para Samira, os enormes olhos rasos d'água, mas o sorriso cínico e satisfeito que viu no rosto da dançarina a fez perceber que estava perdida.

—Você achou que iria me tirar meu príncipe e ficar impune, sua inglesa nojenta? Ninguém tira nada de Samira sem pagar o preço! Vamos logo com isso Yussef, faça o que quer e mate-a, não podemos demorar.

O homem ia enfiar as mãos imundas sob as saias de Prudence, mas antes que chegasse a tocá-la algo o arrancou de cima dela.

Tárik parecia um leão enlouquecido e, rugindo seu ódio, agarrou Yussef e o jogou longe. Em seguida, e antes que o otomano conseguisse levantar-se, desferiu uma saraivada de socos numa sequência incontrolável transformando seu rosto numa massa disforme.

O ódio por encontrar o *animal* com as mãos em Prudence era

tamanho que ele não enxergava nada à sua volta... ele o teria matado, contudo, em sua raiva, não foi capaz de prever a reação de Samira.

Prudence havia conseguido sentar-se e tentava desvencilhar-se das cordas que a mantinham presa, quando percebeu que a mulher, até então estática aguardando o resultado da luta, avançara sobre Tárik. Tentou gritar para preveni-lo numa reação instantânea, mas seu grito foi abafado pela mordaça e ela só pôde assistir impotente ao golpe desferido por Samira.

Enlouquecida por seu plano ter fracassado e por Tárik ter vindo em defesa de sua rival, ela puxou o punhal que trazia sempre ao peito. O mesmo com que havia dançado em sua última apresentação no palácio. Com força e ódio desferiu duas punhaladas nas costas do príncipe. Ia desferir a terceira quando ele, abandonando Yussef, agarrou-lhe o pulso e o torceu até ouvir o som dos ossos se partindo, ao mesmo tempo em que um urro inumano escapou da garganta da mulher.

Gritando de dor e de ódio, Samira fugiu.

— Prudence — chamou ele, com dificuldade. — Por *Allah*, ainda bem que cheguei a tempo, se o garoto do estábulo não conhecesse Yussef... se não tivesse me avisado sobre o perigo...

Tárik arrastou-se para perto dela, a camisa branca encharcada de sangue vivo e vermelho, e arrancou-lhe a mordaça. Com esforço, conseguiu soltar-lhe as mãos, em seguida caiu a seu lado.

— Tárik! — o grito de Prudence se perdeu no espaço. — Meu amor, resista, por favor, resista! Vou ajudá-lo, vamos, eu o levo ao palácio, Bahman saberá o que fazer! Meu Deus, quanto sangue — gritava desesperada... — por favor, levante-se, meu amor, por favor.... por Deus... por *Allah*... por mim Tárik, por mim, levante-se e vamos voltar ao palácio...

Tárik colocou o dedo indicador sobre os lábios dela.

— Shhh! Habib, ouça-me. Apenas ouça-me, há algo que eu devo confessar antes de...

— Não fale, meu amor, guarde suas forças, não fale... — Socorro! — gritava Prudence, desesperada —, alguém me ajude, por favor!

— Eu te amo, *habib* — disse ele, num fio de voz. Eu te amo!

Prudence calou-se para ouvi-lo, as lágrimas lavando seu rosto, num banho quente e salgado.

— Eu a pedi em casamento por amor, minha querida, apenas por amor, só me faltava coragem para confessar. E a fiz minha por temor de que não me aceitasse... Eu a amo, para sempre você será a única!

Entre soluços, Prudence sorriu e acariciou o rosto de seu amado.

— Eu também devo confessar algo, você faz parte de meus sonhos desde que o conheci aos quinze anos, no casamento de Priscila, meu príncipe. Eu só não sabia que seria capaz de amá-lo tanto!

— Minha Sherazade — sussurrou Tárik.

Erguendo os olhos, ele percebeu que a primeira estrela da noite despontava brilhante e bela no firmamento azul. Quase tão bela quanto os olhos de Prudence, a última coisa que ele viu antes que os seus próprios se fechassem.

Capítulo 18

"Somente para os seus olhos, meu amor!"

Freemont House, Inglaterra. Um ano depois.

O jardim estava todo florido, como se a natureza houvesse se preparado por toda a existência para um momento como aquele. Tocheiros dispostos em vários pontos do jardim, assim como dezenas de velas, seriam acesos iluminando o local e dando à noite um ar festivo quando a comemoração se prolongasse.

Sobre a grama verde-esmeralda foram dispostas várias mesas pequenas e redondas, cobertas por toalhas de linho impecavelmente brancas e delicadamente bordadas que tinham pertencido ao enxoval de sua avó, a quinta duquesa, como a chamavam. A porcelana branca filetada de ouro com o brasão da família só era usada em eventos de muita importância. Sobre a grama, ainda, pequenos vasos de cristal foram dispostos, com arranjos de ervilhas de cheiro rosadas, que deixavam o ar perfumado.

Alguns criados corriam de um lado para o outro acertando os últimos detalhes, sob a supervisão da governanta, enquanto o mordomo verificava se aqueles que serviriam o jantar estavam com suas librés e luvas em perfeita ordem. Tudo estava sendo arrumado com esmero e cuidado para que ficasse perfeito.

Uma orquestra completa havia vindo de Londres e os músicos afinavam seus instrumentos, enquanto aguardavam o momento em que deveriam se apresentar. Além dela, por escolha de Prudence, alguns tocadores de cítara também se apresentariam, uma ideia exótica na opinião de lady Agnes, mas da qual a filha não abrira mão.

Em pouco tempo o espaço estaria lotado com os convidados que estariam ali para celebrar a vida! Sim, porque, na verdade, era esse o sentido daquela comemoração, a celebração da vida e do amor. A comprovação de que para um amor verdadeiro, por mais improvável que seja, não existe o impossível.

Prudence não conseguira permanecer no quarto, contrariando sua mãe e Priscila, que alegavam estar na hora de ela se vestir, e saíra para caminhar no jardim. Havia uma ansiedade em seu coração que nada conseguia aquietar, talvez um pouco de ar puro e fresco a fizesse se sentir melhor. Inconscientemente, foi até a árvore da qual, há muitos anos, despencara sobre o príncipe árabe.

Nostálgica, não pôde deixar de pensar que tudo começara naquela noite, sua amizade com Bahman, seu fascínio pelo Oriente, por Sherazade. Aquela noite desencadeara todos os eventos que mudaram as suas vidas. As lembranças arrancaram um suspiro profundo de seu peito.

— Olá, minha amiga, que coincidência encontrá-la! Achei que estivesse preparando-se, mas, pelo visto, assim como eu, você não resistiu a vir até aqui rememorar aquele dia.

Surpresa, Prudence viu que Bahman estava ao seu lado usando um traje inglês e uma bela cartola, em vez de um turbante.

— Meu amigo, você está muito elegante — elogiou, sincera. — Você tem razão, não resisti! Esse lugar é muito especial para mim, nós dois sabemos que foi aqui que tudo começou! Onde mais eu poderia ir agora que chegamos ao final dessa história?

— Final?! Eu não diria isso — disse o príncipe, sorridente. — Eu diria que é um recomeço! Uma chance rara para muitos, a possibilidade de recomeçar e de se reconectar com a própria história é uma dádiva! Vocês foram abençoados por Allah!

— Será que conseguiremos? — perguntou ela. — Será que ele conseguirá abrir mão de tudo que sempre viveu e recomeçar aqui, na Inglaterra?

— Certamente! Ele não poderia negar parte de seu sangue para sempre, seria um homem incompleto e infeliz. Mas, além disso, vocês não poderiam permanecer em Al-Andalus, pelo menos não enquanto as tensões políticas permanecerem tão acirradas. Os rebeldes a elegeram como um alvo, não seria seguro e ele não teria paz. A escolha foi dele, lembre-se, você apenas o apoiou.

— Bahman, você acredita mesmo que ele conseguirá ser feliz aqui, longe de tudo o que ama? — perguntou Prudence, insegura. — Eu ainda tenho dúvidas...

— Ele será feliz perto de você! Você é a síntese de tudo o que ele ama! E depois, minha amiga, você saberá como fazer tudo dar certo, fará com que ele seja feliz! Está decidida e como eu digo, quando você deseja algo, Prudence, não há nada no mundo que a impeça de conseguir. Ele só está aqui hoje graças a seu amor, você jamais desistiu dele e ele agarrou-se à vida por você, apenas por você. Foi seu amor que o manteve vivo. E um dia, quando tudo estiver se acalmado, vocês retornarão juntos para a Arábia, eu vou esperar ansioso — disse ele rindo.

Sorrindo, Prudence lhe deu um beijo carinhoso na face.

— Torça por nós, meu amigo.

— Sempre. Que Allah a proteja! Agora vá, você tem um encontro marcado com a felicidade!

A pequena igreja de pedra estava toda enfeitada por lírios brancos, uma flor que a fazia lembrar a maneira como Tárik se referia à brancura de sua pele. A construção de pedra, erigida há mais de duzentos anos pelo segundo duque de Barrington já fora o palco de casamentos e batizados de várias gerações de nobres e aldeões. Nesse fim de tarde quente de verão, o sol lançava sobre ela seus últimos raios aquecendo as pedras e lhe dando um brilho cálido.

O pároco à frente do púlpito batizara Prudence e a vira florescer a cada verão. Ele tinha um afeto paternal pela garota bondosa que gostava de ajudá-lo quando, em nome de Deus, ia levar uma palavra de consolo a uma viúva cujo marido acabara de falecer ou a uma mãe que perdera seu bebê.

Prudence sempre tinha um gesto de afeto e uma cesta com alimentos que, se não curavam a dor da alma, confortavam a fome do corpo. Todos ali a amavam, por isso o caminho entre a mansão e a capela estava lotado de arrendatários e suas famílias que lhe vieram prestar seus respeitos.

Dentro da pequena igreja apenas os mais íntimos. Ela não quisera nada ostensivo, somente aqueles que a amavam e a quem ela também amava. Quanto à sociedade, seria informada através de um comunicado, pois ela não desejara ver em seu caminho até o altar nenhum sorriso curioso ou crítico. Aquele era seu momento de ser feliz e ela o partilharia apenas com seus queridos.

Ao lado do pai, ela chegou na carruagem aberta e ostentando o brasão do ducado. O vestido branco de cetim era discreto e salientava sua beleza simples. O véu, o mesmo usado por Priscila e por outras gerações de noivas da família, estava preso por singelas flores de laranjeira, e ela o usava sobre o rosto. Queria que ele tivesse o prazer e o direito de erguê-lo ao fim da cerimônia, como o faria se estivessem no Oriente.

— Você está linda, minha filha, e eu estou muito orgulhoso por conduzi-la, — disse o duque, oferecendo-lhe o braço para levá-la ao altar.

A música começou, um suave som de violinos.

A porta se abriu e todos sorriram diante da visão de sua beleza.

Mas ela tinha olhos apenas para uma pessoa!

Lá estava ele, à sua espera, seu príncipe!

Maravilhosamente belo em seu fraque e cartola!

Ele sorriu!

Ela teve certeza de que estava se encaminhando para a felicidade!

A festa prosseguia animada, mas Tárik estava ansioso para ficar a sós com ela. Sentia falta de seu calor, de seu corpo junto ao dele, mas principalmente sentia falta de deitar-se sabendo que ela estaria ali, ao seu lado, quando acordasse.

Durante semanas, enquanto se recuperava dos ferimentos brutais que sofrera, era o rosto dela o primeiro que via ao abrir os olhos e o último ao fechá-los. Ela jamais saíra de seu lado, fora a voz dela que ouvira chamando-o das profundezas da morte... Ele não só a amava, ele lhe devia a própria vida...

Mas eles estavam separados há meses, desde que ele se recuperara e ela retornara à Inglaterra sob forte proteção. Seu corpo ansiava pelo dela com um desespero que ele jamais imaginara sentir.

Ele a procurou com os olhos por entre todos os convidados.

Ela dançava com seu velho avô inglês, que sorria embevecido! Bela Prudence, quem resistiria a seus encantos? Nem mesmo a morte, afinal, até essa ela conquistara, convencera e o trouxera de volta à vida!

— Por Allah, terei que me conter, não posso pular sobre ela como um lobo faminto, embora seja assim que eu me sinta, pensou ele servindo-se de mais uma taça de champanhe.

Como se percebesse que ele a chamava, ela virou-se, seus olhos se encontraram e se prenderam na promessa muda das delícias que os esperavam. E ele não suportou mais a distância, precisava dela em seus braços ainda que fosse apenas ao compasso de uma valsa.

— E agora devo me comportar como um lorde inglês, o que de fato também sou! — com garbo, ele se adiantou e pediu licença para seu velho avô, tomando Prudence nos braços e rodopiando com ela por entre olhares enternecidos e sorrisos felizes.

— Eles formam um belo casal, mamãe — disse Priscila, feliz.

— Sim, minha querida. Sou obrigada a reconhecer isso, formam um belo casal — disse a duquesa, enxugando disfarçadamente uma pequena lágrima.

O quarto está na penumbra, apenas algumas velas quebram a escuridão dando um ar de aconchego ao local. O ar fresco entra pelas janelas abertas, um pedido de Prudence, trazendo o perfume da noite e o pio das corujas.

Ele aguardava ansioso, o corpo tenso, o coração em compasso rápido. A primeira noite do resto de suas vidas!

De repente o som... ao longe... som de cítaras ... uma música que lembra o calor de sua terra, as areias do deserto, as estrelas do céu...

Das sombras ela surge, estonteante!

O traje de seda azul-translúcido, todo rebordado em prata, é audacioso, evidencia seus seios, deixa seu umbigo à mostra e descobre a curva de seus quadris.

Os brincos de lápis-lazúli tilintam em suas orelhas, o colar se derrama sobre seu busto. O rosto coberto pelo véu deixa apenas seus olhos cor de mel, marcados por kajal, à mostra. Eles brilham e escurecem na antecipação do prazer!

E seus cabelos?

Ah, seu cabelos caem luxuriantes como uma cascata de seda, pelas costas.

E ela dança.

E entre movimentos de quadris e olhares sedutores, ela murmura para ele: — Somente para os seus olhos, meu amor!

Epílogo

Damasco, Síria. Seis anos depois.

— Mamãe, a Arábia é muito longe da Inglaterra?

— Sim, minha querida, um pouquinho. Mas é linda, você vai gostar.

— E vamos mesmo andar em camelos no deserto?

— Sim, querida, e eles são bichos muito engraçados e divertidos!

— Vovô me disse que meu outro avô é um califa e que mora num palácio. O que é califa, mamãe?

— Um rei, minha linda!

— Quando nós vamos chegar no palácio, mamãe?

— Em breve, querida. Estamos quase lá! Essa linda cidade em que estamos se chama Damasco e daqui até *Al-Andalus não é muito longe.*

— Por que você trocou de roupa e colocou essas roupas diferentes, mamãe?

— Porque aqui eu sou uma princesa árabe, meu amor, e tenho muito orgulho em me vestir de forma adequada ao meu título e ao reino de meu marido, seu papai. Você gostou?

— Sim, mamãe, você está linda! Eu posso ter um vestido igual, com um véu como o seu?

— Claro que pode, meu amor, assim que chegarmos a tia Layla

vai querer fazer uma roupa assim para você, tenho certeza. Ela vai adorar ter uma sobrinha para enfeitar depois de três filhos homens — riu Prudence!

Embevecido, Tárik observava suas mulheres. Ele, mesmo que à época ainda não soubesse, havia mentido para Prudence quando lhe dissera que ela seria a única mulher em sua vida. Há cinco anos ele havia se apaixonado por outra, uma que havia sido colocada em seus braços numa trouxa de rendas com o rosto vermelho e enrugado, e que, desde então, mandava completamente em seu coração.

Olhando para ambas ele agradeceu aos céus!

Agora ele sabia que não importava em que terra seus pés estivessem, em qual idioma sua boca se pronunciasse, ou qual céu seus olhos admirassem.

Enfim, encontrara seu lugar. Era ao lado delas, onde elas estivessem! Elas eram sua terra e seu lar. Eram seu tudo!

Suspirou feliz!

Fim

Leia também *Um Amor Conquistado*,
o primeiro livro da série Amores.

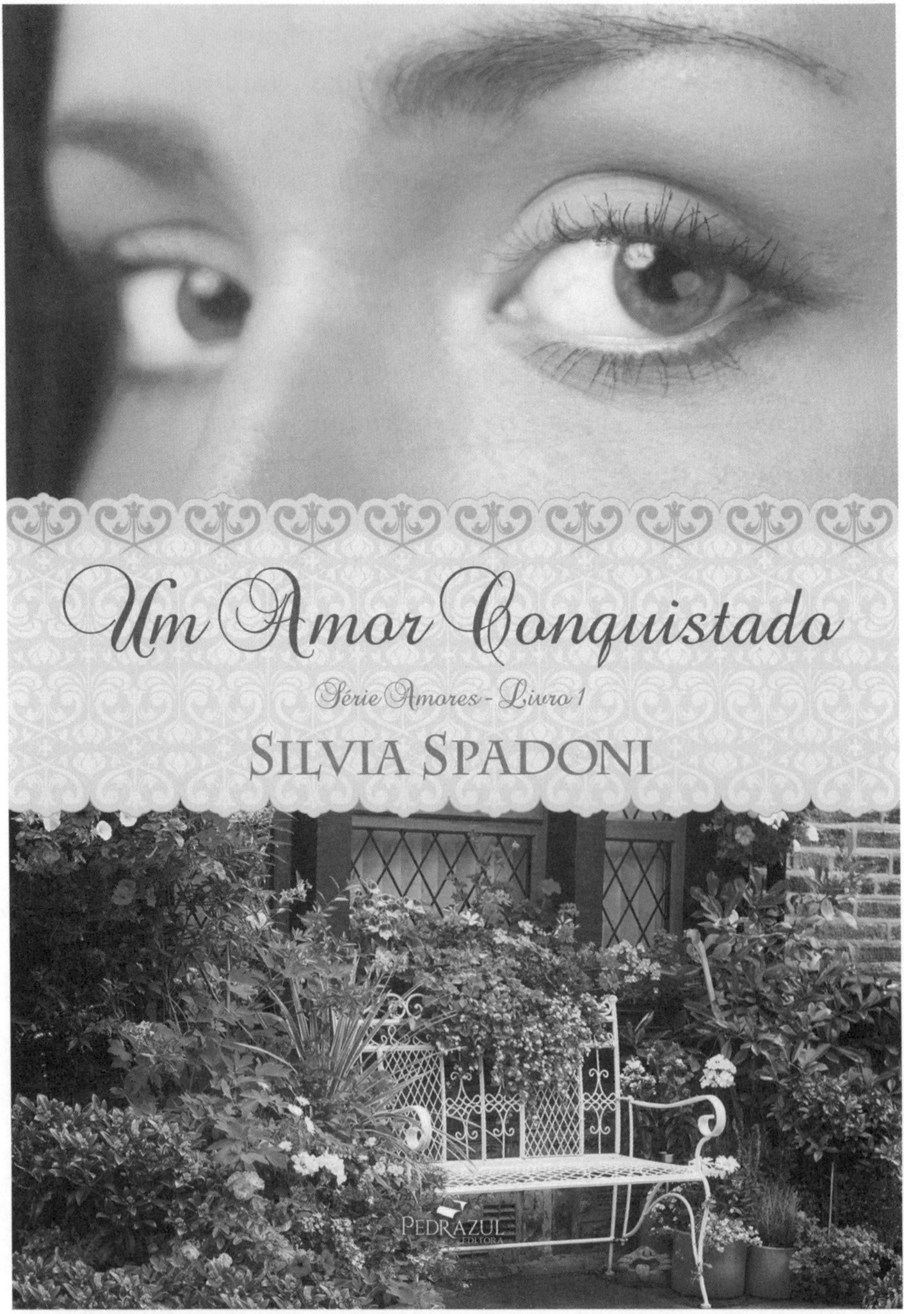

Leia também *Um Amor Inesperado*,
o segundo livro da série Amores.

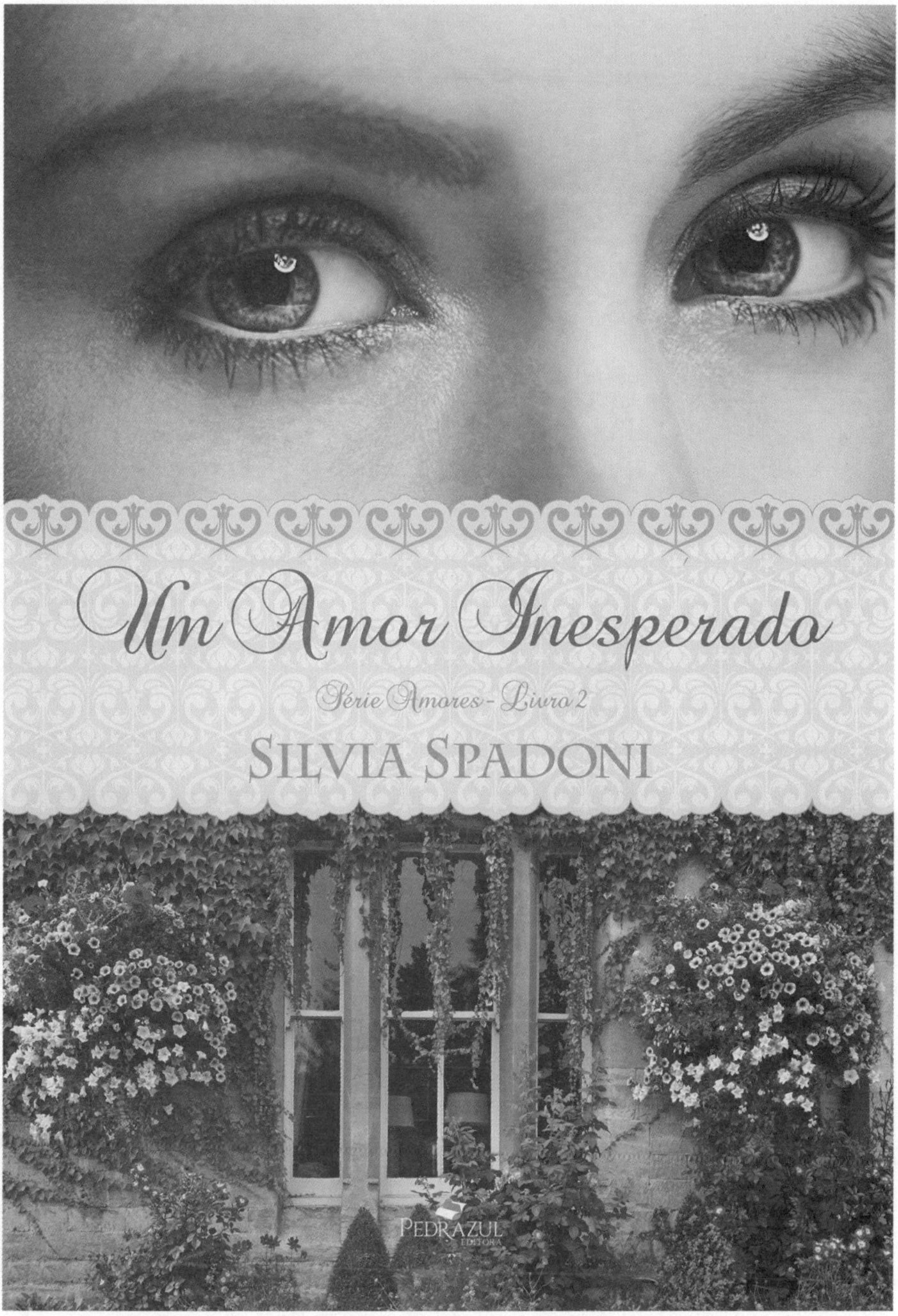

CONHEÇA OUTRAS PUBLICAÇÕES DA PEDRAZUL EDITORA

Alina

Amor e paixão no Brasil colonial!

Edição ilustrada!

Alina se apaixonou por Pedro quando ela era ainda uma adolescente, mas ele já era um jovem casado. O amor proibido crescia à medida que ela se tornava uma linda mulher. Impedido de viver um romance com Alina, por quem também se apaixonou, Pedro não consegue manter seu casamento. Uma noite de amor muda toda a vida dos dois. Entre a atração por um jovem mestiço e o amor por Pedro, Alina tem que fazer uma escolha, perdoar a traição de Pedro ou viver pela memória de Naru. Um amor juvenil que e é levado para vida toda.

Primeiras Impressões

A surpreendente temporada de Mr. Darcy no Brasil!

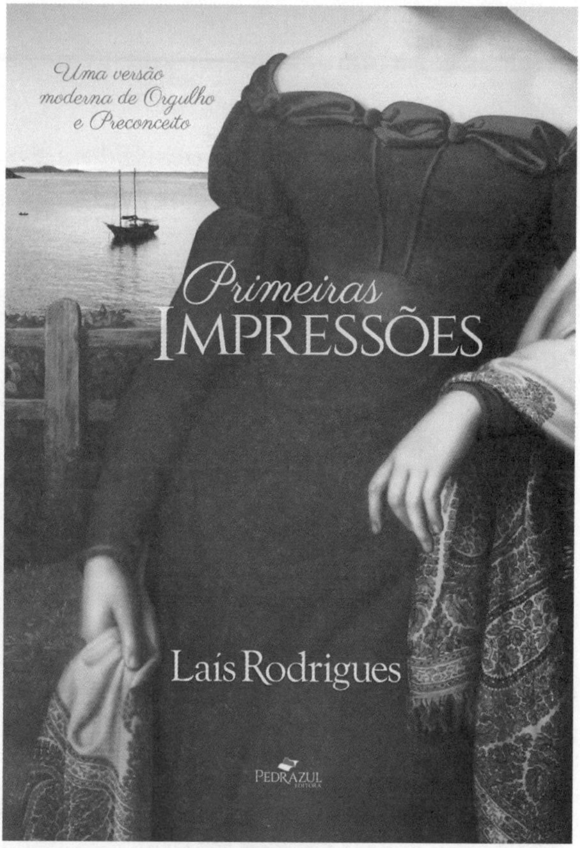

Charles Bing, um otimista incorrigível, decide que está na hora de internacionalizar a sua bem-sucedida cadeia de restaurantes nova-iorquina. Deseja começar pelo país que sempre incitou sua curiosidade: o Brasil. E nada melhor que Búzios, uma belíssima cidade turística no litoral do Rio de Janeiro. A fim de garantir que sua escolha será acertada, ele leva a tiracolo o seu melhor amigo, Frederick Darcy, um político americano de família conservadora, que se orgulha de ser um homem racional e prático. Mal sabem eles que, ao chegar à cidade paradisíaca, virarão alvo de Janaína Benevides, dona das pousadas mais requisitadas do balneário. Ela é mãe de quatro belas moças, que são, para sua tristeza, solteiras. Janaína preocupa-se, em especial, com a solidão de Jane e Lizzie Benevides, as mais velhas. Enquanto a primeira acaba se decepcionando em seus relacionamentos, por ser uma pessoa que sempre busca ver o melhor nas pessoas, a outra não deixa nenhum homem se aproximar.

A Estrangeira

Casamentos entre primos eram tradicionais entre as famílias Percy e Neville. A aliança, que havia começado há muitos séculos a fim de fortalecer a família inglesa contra um clã escocês, agora incomodava o atual conde de Northumberland. Conhecido, em Londres, como conde Hotspur, ele é obrigado a casar-se com lady Neville, sua tímida prima de 23 anos. Quando ele achava que a pressão sofrida por parte do tio barão era seu maior problema, chega à casa do Lago Green, em Alnwick, no vilarejo sede do condado de Northumberland, a sobrinha de um falecido escudeiro e protegido do seu também falecido pai. A bela e misteriosa estrangeira, vestida à moda de vinte anos atrás, mexe com a imaginação de todo o condado e, principalmente, com a vida do conde.

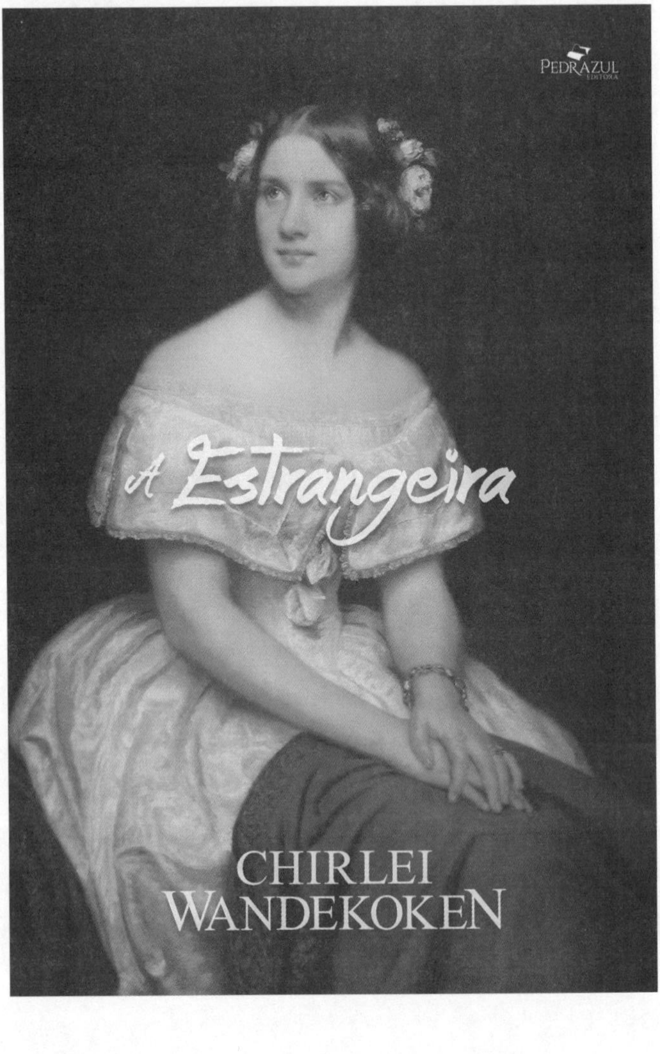

PEDRAZUL
REVELAÇÕES

PEDRAZUL
EDITORA

www.pedrazuleditora.com.br